光文社文庫

文庫書下ろし

訪問者ぶたぶた

矢崎存美《ありみ》

光　文　社

この作品は光文社文庫のために書下ろされました。

目次

神様が来た！

1

田舎暮らしは好きじゃない、と飯田朋香《いいだともか》は思っていた。

何しろ生粋《きっすい》の東京っ子だ。駅から五分以上離れた家には住んだことがないし、移動は基本的に電車か徒歩。実家には一応車はあったし、運転免許も十八歳の時にとったけれど、運転はしなかった。父の車はマニュアル車で、朋香の免許はオートマ限定だったからだ。

しかし、なぜ今こんなところに住んでいるのか。すっかり慣れた車庫入れをすませ、シートベルトをはずしながら思う。

引っ越してそろそろ一年になる。ここは夫・光之《みつゆき》の故郷だ。最寄り駅から徒歩一時間半。バスで四十分。さらにバス停から十五分。ただし、バスは一時間に二本で、最終は二十一時。

まったくのペーパードライバーだった朋香にとって、車が運転できなければ家からも出られない、という状況に慣れるまでが一番大変だった。だが、それも気に病むほどではなかった、というのが、一番驚いたことでもあった。

田舎暮らしなど想像もつかなかった一年半前の自分から見たら、信じられないことだろう。

そう、すべての始まりは義母が亡くなった一年半前から。そこから引っ越しまでの半年はあまりにもめまぐるしく、ほとんど憶《おぼ》えていないほどだ。それ以降も忙しかったが、東京での最後の半年に比べれば大したことはない。

それまで義父母は義兄の孝《たかし》と暮らしていた。彼は独身で、大学の准教授をしていたのだが、義母の松子《まつこ》はことあるごとに大学を辞めて、父親のあとを継いでほしい、と言っていた。義父の浩一郎《こういちろう》はその当時、県会議員を務めていたのだが、そろそろ引退を考えていた。だから、その地盤を引き継いでほしいと義母は、それから後援会長の道橋《みちはし》は思っていたようだった。それはそれは熱心に。ほとんど狂信的に。

朋香から見ても、義兄は政治家には向いていなかったし、それを言うなら光之も同じだ。兄弟二人して母親の野心を一切受け継がず、孝は研究、光之は家庭第一という人間に育った。義母にとっての希望は孝のみで、光之は次男というだけで放任だったのがまた、朋香にとってはありがたかったのだが。

ところが、一年半前に義母は突然倒れ、あっけなく帰らぬ人になった。四十九日が明けると、孝が爆弾発言をした。

「俺、結婚してアメリカに行くから」

そう言って、ずっと義母に隠れてつきあっていた十歳年下の元教え子の女性と入籍をして、誘われていたアメリカの大学へ本当に行ってしまった。

田舎の大きな家には、義父だけが残された。県会議員を辞めた彼は、マイペースに日々を送っていたが、朋香と光之は話し合い、実家へ帰ることに決めたのだ。思えば義母の関心がすべて孝に向いていたとはいえ、それに甘えて何もしてこなかったのも事実だった。義兄がどれだけ理不尽な目にあっていたか知っていたにもかかわらず。

幸い、地元の役場に就職もかない、友だちと離れることは淋しがったが双子の子供たちもすんなり受け入れてくれた。義父は以前孝が住んでいた離れに移り、朋香たちは母家に住むことになった。

義母の陰に隠れていた義父と実際に暮らし始めてみると、息子たちが彼の気質を受け継いでいることがよくわかった。庭を耕し、野菜作りに精を出し、双子の面倒も見てくれる。

最近、彼らはすすんで義父の畑の世話をしている。東京生まれで東京育ち、土いじりなんてむしろ嫌いだったはずなのに。

だが、義母の遺志を受け継いだのかどうなのか、道橋はまだあきらめていなかった。何くれと用事を作ってはやってきて、光之を立候補させようと説得を試みる。悪い人ではないから、朋香は困っていた。彼にしても義母にしても、心から孝や光之のためを思ってこそ、と信じているのだ。義母は確かに苦手だったが、決して意地悪な人ではなかった。ただちょっと、信念の強すぎる人なだけだった。だからこそ孝は、家を出られなかったのだ。自分が選んだ女性を義母に認めさせるため、長いこと根回しをしていたらしいし、アメリカの大学からの誘いも一度は断っていたのだ。

孝からのメールによれば、夫婦ともに元気でやっているらしい。最近の一番のニュースは、朋香よりも年下の義姉の妊娠だ。

「そうだ、お祝いを送らなくちゃ」

車から荷物を出しながら、そうつぶやく。隣町にできた畑の中の巨大ショッピングセンターはまだ全部見切れていない。ゆっくり見れば、きっと何かいいものが見つかるだろうが、今日はとてもそんな時間はなかった。ネットで注文した方がいいのか、それとも自分で買って、発送した方が早いのか。

しかし、とりあえずそれを考えるのは明日になってから。今日はこれから、お供えを作らなくては。

今日と明日、この町はお祭りなのだ。派手ではないし、観光客が押し寄せるようなものではないが、神社の境内には露店が並び、収穫を祝う舞が披露《ひろう》される。何百年と続いている由緒正しい祭りなのだそうだ。一般の町民にとっては、実質明日一日の祭りなのだが、町内会や氏子《うじこ》たちにとっては、今日――というか、今夜がメインと言ってもいいだろう。

今夜は、神様がお泊まりに来るのだ。この飯田家に。明日の舞のため、神様が宿泊する家ではたっぷりのお供えや酒、ぶ厚い布団、そしてもちろんお泊まりになる部屋を用意してもてなし、ゆっくりお休みいただくのだ。

いや、もちろんそういう体《てい》で、ということなのだが。神様がお休みしている間、その他の人々は神社でお付きの舞子を選ぶ――という体で舞のリハーサルをしている。

町内会長も兼任している道橋が一ヶ月前にはりきってやってきて、

「神様のお当番になりましたよ！」

と宣言した時は、何を言っているのか、と思った。

「神様が舞を踊られる英気を養うため、氏子の家にお泊まりになるのです」

「え、誰か泊まりに来るってことですか？」

「いえいえ、そうじゃないですよ。お供えとかの用意をして、玄関から裏口へ抜ける窓をちょっと開けて寝てくれればいいんです。そうするとですね、神様は勝手に入って、一晩過ごして、朝になると裏口からお帰りになります。奥ゆかしくて恥ずかしがり屋の神様ですから、ご挨拶《あいさつ》はしなくてかまいません。とにかく、これを用意していただいて、次の日神社の集会所に納めていただければけっこうですので」

道橋はこうまくしたてると、何度もコピーして字がかすれている注意書きを差し出した。

そんなこんなで、お供えも作り終え、即席の神棚も用意して、準備は整った。というか、これでもう終わりなのだが。あとは、玄関の上と裏の風通し用の窓を少し開けて寝るだけ。やってみると、何だかあっけなかった。

マンション住まいでお祭りの類《たぐい》には縁のなかった男女の双子・登真《とうま》と江麻《えま》は、台所でずっと騒いでいた。二人とも生意気とはいえ、まだ小学三年生。やはり楽しみにしているらしい。だから、「さあ、これで終わり」という朋香の独り言を聞きつけ、ショックを受けたような顔になった。

「ママ、もう終わりなの？」

「神様、来ないの？」

「神様は来るけど、見えないんだよ」

朋香の模範解答に元都会っ子の双子は唇をとがらせる。

「なまはげみたいなのが来るのかと思ってたよ」

なるほど。そういうふうに受け取っていたわけか。

「なまはげが来てほしいの？」

母の言葉に、江麻が顔色を変える。

「やだー」

登真は怖がらないのか、と思ったが、ちょっと目が泳いでいる。怖いけど、それは知られたくないらしい。

「なまはげは来ないよ。ここの神様は見えないんだから」

この子たちは少し大人びているので、すぐに事情を察する。

「なんだー、つまんなーい」

「おじいちゃん、期待させすぎー」

「何て言ってたの？」

「神様は恥ずかしがり屋だと言われているけど、いたずら好きでもある」

突然の声に振り向くと、義父が笑いながら立っていた。

「だからなまはげみたいなんだーって思ってたんだよ」

「なまはげはいたずらしに来るわけじゃないけどね」

双子が一緒にしゃべると、すごいシンクロ率だった。しかも同時なのに会話が成り立っている。

「朋香さん、今日は遅くなるよ」

「あ、神社に行きますか？」

「うん。そのまま寝ちゃうかもしれない」

「みんな、楽しみにしてるみたいですね」

つまり、今夜は宴会なのだ。

「まあね。でも、悪かったね、朋香さん。来たばっかりなのに、こんなめんどくさい当番押しつけられて」

「いえいえ。だって、持ち回りなんでしょう？」

「うん。ほんとは去年だったんだけど、喪中の家ではできないから、代わってもらったんだよ。だから、今年は断れなくて。道橋さんも『ぜひやってくれ』って土下座せんばかりの勢いだったから」

道橋は、朋香たちを町に溶け込ませようと必死なのだ。でも、彼に手伝ってもらわなくても、割とすんなりとなじめているような気がする。光之はいいとしても、朋香や双子に友人ができるかどうかが不安だったが、学校を通じてすぐにたくさんの人と親しくなれた。近所の人たちも親切だ。

でも道橋は多分、それでは不満なのだ。もっともっと密着してほしい、と望んでいるらしい。その第一歩が、この当番なのだろう。

「でも、お供えを作るだけだし――思ったよりも大変じゃなかったですよ？」

これは本音だった。もっといろいろ決まり事があって、うるさく言われるかと思ったが、実際はかなり大ざっぱなものだった。お供えを盛る容器も、あまりにもたくさんあって、どれを選んだらいいのかわからず、お隣に訊《き》きに行ったのだが、そこのおばあちゃん曰く、

「別に何でもいいのよ。器食べるわけじゃないんだし。他のうちなんて、家にあるお皿で

すませてるから」

「でも、アニメの絵とかついてちゃいくらなんでもダメですよね？」

「そんなの、わかんないからいいのよ」

実際には来ない、ということよりも、「神様はそういうことに疎い」ということを言いたかったらしい。いや、アニメにくわしい神様っていうのも変だが。

「その家に泊まりに来るんだから、その家にあるものなら何でもいいのよ」

と言われたので、とりあえず銘々《めいめい》膳に何となく会席料理っぽく適当に選んだ器を並べて、体裁を整えた。納戸《なんど》がわりにしていた客間の荷物を出し、お膳を並べ終えると、本当にすることがなくなった。

夕方、光之が役場から戻ると、義父はさっさと神社へ行ってしまった。朋香たちは、お供えの残りで夕食を食べる。子供たちはカレーだが。

「ねー、神様って何時頃来るの？」

「みんなが寝ると来るんじゃない？」

道橋は、寝ている間にやってきて、寝ている間に去っていく、と言っていた。それってまるで居空《いあ》き——いや、夜だから忍び込み——とバチが当たりそうなことを考えてしまう。

「お父さん、どうしてたの？　子供の時も来たんでしょ？」

光之にたずねると、

「うーん、確かにお供えを作ったり飾ったりしてる間は盛り上がるんだけど、そのあとすることないから、普通にテレビ見たりして寝ちゃったな」

ロマンのかけらもない言葉に、母子ともどもテンションが下がる。

「あ、お膳の料理、子供ならつまみ食いは許される」

「そうなの？」

「そう。まんじゅう食べる？」

「えー……」

双子のユニゾンがやけに大きく響く。この子たちはアンコが嫌いなのだ。

「こういう時くらい、いいじゃん――」

子供よりも子供っぽい父親の文句に耳も貸さず、双子はお風呂に入ってしまった。

「なんか特別なことがしたいんだよ。あの子たちなりに。ここに来て初めてのお祭りだし」

「特別ねえ……。俺にとってはつまみ食いが楽しみだったけどな」

「大人はしちゃいけないの？」

「いや、そんなことはないと思うけど」

そう言って、光之はニヤリと笑う。

二人でまんじゅうを一つ、分け合って食べていると、玄関のチャイムが鳴った。

「誰だろう、こんな時間に」

「道橋さんかも。ちゃんと用意できたか心配、とか言って」

「ああ、あの人なら言いそうだ」

光之と二人で玄関に向かい、ドアを開けた。東京にいた頃はちゃんと確認をして開けたものだが、ここはのどかな場所だし、ドアホンもないので、すぐにそういう習慣から遠ざかってしまった。

そしたら、目の前に不思議なものが。

「こんばんは」

ドアの外には、ピンクのぶたのぬいぐるみが立っていた。

「夜分遅くにすみません。電話を貸していただけますか？」

バレーボールくらいの大きさのそのぬいぐるみが、突き出た鼻をもくもくさせながら、そう言った。というか、そう言う声が聞こえた。おじさんの声だ。明らかに光之よりも年上っぽい声だった。ぺこりと頭を下げると、大きな耳が揺れる。右耳がそっくり返っている——と思っていたら、つぶらな瞳とばっちり目が合った。黒ビーズの点目と。

「で、電話？」

我に返ったのは、光之の方が早かった。朋香は遠いところでその声を聞いているような気がした。

「はい。携帯電話の電池が切れてしまって——公衆電話もなかなか見つからないので、申し訳ないのですが、貸していただきたいと思いまして」

なぜうちに？

そう思って周囲をよく見ると、隣の家も向かいの家も、灯りが消えていた。そういえば、お隣も夜は神社へ行くと言っていた。つまり、みんなして宴会に行ってしまっているのだ。子供でもいれば誰かいるだろうが、あいにくここら辺で子供のいる家はここだけだ。

相手が人間ならば、躊躇《ちゅうちょ》なく電話を貸したことだろう。でも、この場合どうしたものか。ていうか、そんなことを考えている場合ではない。どうしてぬいぐるみが動いてしゃべっているのか——それが一番の問題ではないか！

夢か？　夢かも。ベタすぎるが、頬をつねろうとしたが、それで痛くなかったら怖いので、光之の頬をつねってみた。

「いてっ！」

何すんだ、という顔でにらまれて、少なくとも彼にとっては夢じゃないらしい、というのだけ確認はしたが――何の解決にもなってない！

――と、逡巡《しゅんじゅん》というか混乱していると、後ろから突然声がした。

「どうしたの⁉　もしかして、神様が来た⁉」

風呂上がりの双子が大音量で走ってきた。ぬいぐるみがそれに気づき、光之と朋香の後ろをのぞきこむ。

「わあー！」

心から驚いた叫び声があがる。きれいなユニゾンで。

「神様だ！　小さい神様が来た！」

2

そんなこんなで、〝神様〟は、飯田家の居間のソファーに座って、お茶を飲んでいた。

あのあと、双子は続けて叫んだ。

「パパ、ママ！　おもてなししないと！」

オモテナシ……一瞬意味がわからなかったくらいだ。

「何してんの！　そのために準備してたんでしょ！」

もはや双子のどっちが言っているのかもわからないくらい、朋香は混乱していた。神様？　ほんとにそうなのか？

「あ、まあ……とにかくあがってください」

またしても光之の方が反応が早かった。

「いえいえ、電話を貸していただければけっこうなんですが」

「電話！　ちょっと待ってて！」

江麻がバタバタと居間に走り込み、電話の子機を持ってすぐ戻ってきた。

「はい、どうぞ！」

「ありがとう」

ぬいぐるみからすると大きすぎる子機は、濃いピンク色の布を張った手先に吸いついた。持っているというより、まさにくっついているようだった。

双子はわくわくしてぬいぐるみの一挙手一投足に見入っていた。もうすっかり神様だと信じ込んでいるようだ。朋香も見つめることしかできなかったが、気持ちは一向に整理できない。

「……あれ？」

説明もないのに子機のボタンを普通にいじっていたぬいぐるみだったが、怪訝《けげん》な声をあげる。

「何にも言わないんですけど……」

「え？」

光之が差し出された子機を受け取って耳に当てる。

「ほんとだ。うんともすんとも言わない」

朋香の耳に押しつけられた子機の「通話」ボタンは光っていたが、何も聞こえなかった。

「ちょっと親機見てくる」

光之は、そそくさと居間の方へ戻ってしまう。それは逃げていくようにしか見えないのだが。

夫の襟首をつかもうとして失敗した朋香の足に、双子が両側から絡みつく。

「ママ、あがってもらおうよ。ねー、そうしようよー」

両側からキラキラした目で見上げられて、言葉に詰まる。というか、もうどうしたらいいのかわからない。二人がひそひそ声でささやく。

「あれ、絶対神様だよ。だってぬいぐるみだよ。神様が乗り移ってなかったら、どうやって動くの？」

それは確かにそうだ。ただのぬいぐるみが動くはずない。でも、道橋は奥ゆかしくて恥ずかしがり屋の神様、と言っていた。こんなに堂々と現れるものなんだろうか——。

「ほんとの姿は、きっと見せられないんだよ」

「だから恥ずかしがり屋なんだよ」

「ぬいぐるみに乗り移るなんて、いたずら好きの証拠だよ」

「おじいちゃんが言ってたじゃん」

双子の思考に洗脳されていくようだった。とはいえ、自身の考えも相当怪しい。現実として受け入れられない状況におちいると、こうなるものなのか……。

こんな軽そうなぬいぐるみ、手にとって玄関の外に投げてドアを閉めたら、それで終わりなのだが。そしてなかったことにすれば。でも、本当に神様だったら、バチが当たる？　呪われる？

「——あの、とりあえずあがってください」

呪われたくないので。

「でも……」

「あがってって！　ゆっくりしていってよ！」

「ママのいれるお茶はおいしいって道橋のおじさんも言ってるよ！」

「そうなの？　えーと……よろしいですか？」

「ええ、どうぞ」

もう腹をくくるしかないだろう。神様でないとしたら、ただの動くぬいぐるみということになる。それと比べたら、ぬいぐるみに乗り移った神様の方が説得力があるし、何よりありがたいではないか！　……なぜ乗り移っているのか、は考えない方向でいれば。

「では、お邪魔します」

　とことこと朋香の前を歩いていく小さな神様。背中には黄色いリュック。大黒様が頭に浮かんだ。

「こっちだよ、どうぞ！」

「ソファーに座ってね！」

　双子が口々に言う。こんなにはりきっている二人を見るのは、初めてかもしれない。お母さん方の間でも、「さすが都会の子はクールよね」と言われているはずなのに。

　神様というかぬいぐるみというか――とにかく彼は、双子によってソファーに座らされ、彼らがほったらかしていた食べかけのお菓子などをすすめられていた。しかも、それに困っていた。

　神様、困ってる！

「ママー、早くお茶！」

　双子はすっかり仕切っているつもりだ。朋香は急いでお茶をいれて、家で一番いい茶碗と茶托で供した。

「あ、すみません……。こんなことまでしていただいて」

「当然だよ！　神様だもんね！」

神様と言いながらタメ口はどうかと思うが。

「いただきます」

少し首をひねっていたぬいぐるみは、行儀良くそう言って、お茶をすすった。すごい。鼻が濡れそう。

やっぱり神様かもしれない。そうじゃないと、これは信じられる光景じゃないよ。だって、ちゃんとお茶が減っている！

「あ、ほんとにおいしいですね。いいお茶っ葉使ってらっしゃるんですか？」

「いいえ、百グラム五百円の煎茶です」

やっとまともに声が出た。

「いれ方、本当にお上手なんですね」

神様にほめられた。何だか妙にうれしい。

「あ、名乗りもしませんで、失礼しました。わたし、山崎ぶたぶたと申します」

「は？」

名前——神様の名前。えらく庶民的な名字の上にかわいらしいが。双子が息をのむ気配に気づく。さらにテンションが上がったらしい。

「ぶたぶたって呼んでいい？」

「こらっ」

神様を呼び捨てにするなんて。

「あ、そうか」

双子がはっとする。

「そうだよね、ちゃんと呼ばないと――」

「好きな呼び方でどうぞ」

にこっと神様は笑った。

ぶたねえ……。あの神社は何か動物を祀《まつ》っていたかなあ。お稲荷さんじゃないし……狛犬以外、思い当たらない。

「ねー、パパはどこ？」

そういえば、電話の親機のそばにいないけれども。

「探してくる！」

双子は居間をバタバタと出ていった。う、二人きりで残していかないで。

「結局お邪魔してしまって、申し訳ありませんね」

心底恐縮しているような声で神様は言う。何という奥ゆかしさ。上品ですらあるではないか。

「いえ、それは全然かまいませんよ。それより、お腹は減ってませんか？」

神様はお供え物を食べるために来るんだし。

「いえ、とにかく電話を貸していただければ――」

その時、光之が双子を伴って戻ってきた。

「電話、使えないよ」

「え、何で？　電話機、壊れたの？」

買ったばかりなのに。

「違う。ルーターのせいみたい」

「る、るーたー……？」

何だそれ。

しかし神様はあわてず騒がず、

「ケータイでもいいんですけど――」

「ケータイね、ママが今朝洗濯しちゃったの！」

そうなのだ。朋香のケータイは、洗濯物のポケットに入れたまま洗ってしまい、現在は大量の乾燥剤とともにジップロックに入っている。これで復活しなかったら、新規に契約しなくてはならない。

「あ、そうなんだ。俺、役場に忘れてきちゃったよ」

ケータイをあまり使わない光之は、しょっちゅうそうやって置きっ放しにしてしまう。

「それじゃあ、サポートセンターにも電話できないなあ」

とにかくうちは今、「電話がない」と同じ状況らしい。

「再起動したらどうでしょうね？」

一瞬、居間がしん、となった。これは確かに神様の声——だが、神様の口から「再起動」という言葉が出るとは。これほど似合わない言葉はないような。

「ルーター、をですか？」

光之が面食らったような顔のまま、言う。

「そうです。スイッチがあればそれを切ってから、なかったらそのまま、とにかくコンセントを抜いてみてください。しばらくしてからコンセント入れ直すと、元に戻ることありますよ」

「そうなんですか？」

「ええ、うちはそれで直りました」

うち!?　あの神社!?

「光回線なんですか……？」

「そうです。ルーターはどこのですか？」

「見ないとわからないですけど……純正だったような」

神様と夫が何を言っているのかさっぱりわからない。そのあとも、延々そんな会話が続く。

「この時間だと、サポセンも微妙ですよ」

「かけても全然つながりませんしね」

「ネットで見た方が早かったりして」

「それもつながりませんけどねー」

はっはっはー、と二人は笑う。

アニメはどうだか知らないが、パソコンにはくわしそうな神様だ。

「でも、それじゃ困りました……」

「どこに電話するつもりだったんですか？」

「バスがなくなってしまったので、タクシーを呼ぼうと思ってたんです」

「どこ行くつもりだったんです？」

「駅まで」

神様なのに？

「うちに泊まっていくんじゃないの⁉」

「え？」

双子の言葉に、神様はびっくりしていた。ビーズの点目なのに、大きくなったように見えた。すごく表情豊かだ。

「泊まるんでしょ？」

「泊まるからって用意してたんだよ」

「用意？」

困ったような顔で双子を見比べる神様。

「お供えもまだ食べてないでしょ？」

登真は立ち上がると、居間を飛び出した。

「お腹空《す》いてる？」

江麻の質問に、神様は、

「そんなには――」

とちょっと言葉を濁した。

登真が居間に戻ってくる。煮物が載った小鉢とラップにくるまれたおにぎりを持って。

「食べて！」

「ええっ？」

「いっぱいあるから。食べてね」

今度は江麻が飛び出していった。戻ってきた時には、ぶりの照り焼きときゅうりの漬け物の皿を持っていた。

「はい、どうぞ」

割り箸も完備だ。キラキラと瞳を輝かせる子供たちに見つめられて、神様は身動きもできないようだった。助けを求めるように、朋香と光之に点目を向ける。

「お腹空いているのなら――どうぞ、食べてください」

どうせ明日にはみんなで食べてしまうのだし。

「じゃ、じゃあ、いただきます……」

戸惑ったような顔をして、神様は割り箸を割り、煮物の野菜――ニンジンを器用につまむ。みんなで固唾《かたず》をのんで見守る。まずいって言われたらどうしよう。

口は突き出た鼻のせいで見えなかった。だが、その下あたりにニンジンは消えていく。ほっぺたがもごもご動いて、ごくっと喉のあたりが動くのが見えた。

すごい――さすがは神様！　この世ならざるものを見ている気分。

「あの……」

「はい？」

お茶を飲んでいる時は感動のあまり、冷静に観察できなかった。いつの間にか茶碗が空っぽになっている。でも、どこも濡れてないみたいだし。どこに消えているんだろう。神様だし、どこか次元の違うところ？

「あのですね……」

どうやって箸を握っているんだろう。くっついているようにしか見えない。電話の子機も重さがないみたいに持っていたしなあ。そもそもどうやって割ったっけ？

「……。いえ、おいしいです……」

何か言いたかったらしいが、飲み込んでしまったみたいだ。

そのあと、神様はおにぎりを食べ、ぶりと漬け物も食べた。双子が次々と皿を持ってきて、結局食べ物は、全部居間のローテーブルに並んでしまった。

「みんなおいしいです。でも、食べ切れませんよ、こんなに」

「じゃあ、夜中にお腹空いたら食べてね」

双子はいそいそと客間に皿を戻し始める。

「え、夜中……？」

「泊まっていくんだよね」

「ええと……」

まだ困った顔をして、朋香と光之を見る。

「電話もかけられませんし……バスもありませんから、泊まっていかれたらどうですか？」

光之が言う。

「お急ぎなら、駅までお送りするって手もありますけど」

「いや、元々駅近くで泊まろうと思っていたんですが、仕事が早めに終わったので、急に帰ろうと思ったんですよ」

すごく普通の会話をしている光之と神様を見ていると、このぬいぐるみがただのサラリーマンに見えてくるから不思議だ。しかも、光之が意外に冷静なのにも驚く。

いや、彼は子供の頃からこういうのに慣れているはず。地元の人間なんだから当然だ。

「じゃあ、どうぞ泊まっていってください。このまま帰ってしまったら、子供たちががっかりする」

「そうですか……。申し訳ありませんね、急にお邪魔して泊めていただくなんて」

「いえいえ、お気になさらず」

「神様！」

双子が居間にまた飛び込んできた。

「お風呂、入って！」

「はい、これ」

双子が神様に手渡したのは、タオルと浴衣だった。これも客間に用意してあるもの。

けど、その浴衣は……ちょっと大きすぎないか？　いやいや、気にするのはそこじゃないだろ、あたし！　まさか——。

「お風呂、いただいてもよろしいんですか？」

ええええっ、本気で入るの!?

い、いや、神様なんだもの、湯浴みはするだろう。明日のために、穢《けが》れを落とさないとね——ってこんな一般住宅の風呂場でいいのかわからないけど。

「あ、ドライヤーを貸していただければ、お借りした寝具を濡らすことはありませんので、ご安心を」

朋香の表情を誤解したのか、神様はあわててそう言った。どらいやー。そう口の中でつぶやく。これも似合わない言葉だ。

「もう一回入ろうかなー、神様と一緒に」

「あんたたちはもう寝なさい！　いつもならとっくに寝てる時間でしょ」

「えー、だってー」

「お祭りだしー」

不満そうなそっくり顔に、思わず笑ってしまう。光之も、神様も笑っている。みんなに笑われて双子はさらに不満げな顔になったが、大人たちの笑いの発作はなかなか止まらな

3

結局、ルーター（？）は再起動しても直らなかった。どっちにしろサポートセンターも終わってしまっている。明日、光之のケータイで連絡するしかない。

本格的にあきらめた神様は、今お風呂に入っている。朋香は突然、『千と千尋の神隠し』を思い出した。いろいろな神様が入りに来るお風呂のことを。あの中に交じっていたら、かえって目立たないなー、などと。

今なら千尋の気持ちがよくわかる。あとでＤＶＤを見直そう。

光之はなだめすかして双子を子供部屋へ連れていった。果たして寝てくれるかどうかはわからないが。「一緒に寝る〜！」とわめいていたけれど、あの寝相の悪い二人と同じ布団に入ったら、絶対につぶれる。

お風呂に入ったあとは、何か飲むのかな……。朋香と光之は、軽く飲んで寝ることが多いのだが。さっきは双子が給仕をしているのを見るばかりで、お酒をすすめなかった。本来なら、飲んでいただいた方がよかったのかも。

部屋に供えてある日本酒を開けた方がいいだろう、冷えてないけど。お燗にしようかな。取りに行こうと廊下へ出て、脱衣所の前を通りかかった時、戸のすきまから奇妙なものが見えた。

足ふきの上に団子状のものが。

足がぴたりっと止まる。動けない。あれは何？　卵？　いや、なんかもぞもぞ動いている。産み落とされたの？　何が？

脱衣所の戸を思いっきり開ける。神様が何者かに襲われたのかもしれない！

「あ」

気の抜けた声が響いた。え、どこから？

「お風呂、ありがとうございました。いいお湯でした」

声は下の方からだった。目を落とすと、そこにはバスタオルから首だけ出した神様がいた。

彼は「うんしょ」と言いながら、バスタオルを頭にかけた。そして、そのままぎゅっ

る。アルマジロのように。

さの卵とそっくりだった。

「な、何をなさってるんですか？」

「え？　ああ、身体を拭いてるんです。というより、絞っていると言った方がいいのかな？」

「絞ってる、んですか？」

「これでドライヤーをかければ、大丈夫です」

神様はその後も何回かバスタオルとともに丸まり、勢い余ったのか前回りまでして、結局朋香がドライヤーをかけてあげた。風呂上がりというより洗いたての神様は、ふんわりとした風合いで、とてもかわいらしかった。

「ありがとうございました。手伝ってもいただいて」

「いえ、あのう、いいんです……」

何というか、型破りな神様だ。

「あの、何かお飲みになりますか？　さっきの食事の時におすすめすればよかったんですけど」

「あ、特には――」

「遠慮なさらないで。うちは夜、お酒飲むんですけど、おつきあいしていただければと思って」

「え、そうですか?」

ちょっとうれしそうに見えた。やはり、ここは御神酒《おみき》を用意しなくてはいけないか。

「何がよろしいですか?」

「じゃあ、ビールか発泡酒か何かあれば」

……神様なのに、ビール?

「日本酒とかの方がよろしいんじゃ——」

「あ、なければそれでもいいんです。ていうか、何でもいいんですが」

何でもって——適当な。

「飯田さんたちは何を飲まれるんですか?」

「うち——うちも、発泡酒ですね」

充分に量があるのは、これくらい。

「ではそれをぜひ」

えー、いいのかな……。神様がいいって言うのなら、いいのかしら?

居間に戻ると、光之がぐったりしてダイニングテーブルに突っ伏していた。

「あの子たち、寝たの？」

「やっとな。もうだだこねて大変だった〜」

「お疲れ様。どうやって寝かしつけたの？」

「寝かしつけたというか、どっちかが電池切れになるまでしゃべらせたよ」

双子のせいなのか何なのか、どちらかが眠くなると、もう片方がつられるのだ。

「今日は江麻の方が負けた」

かなりかいがいしく自分よりも小さな神様の世話を焼いていたからなあ。やっぱり女の子なんだろうか。けど、傍《はた》から見ていると、おままごとにしか見えなかったが。

「あ、お風呂ありがとうございました」

神様が居間に戻ってきた。

「あ、ちょっと待ってください」

朋香は冷蔵庫から発泡酒を出して、テーブルに並べた。それだけでは淋しいので、少しおつまみも作ろう。

「どうぞどうぞ」

光之にすすめられて、神様がこっちに顔を向ける。

「あ、奥さんは？」

「あ、お先にどうぞ」

「いいんですか？」

「遠慮しないでください」

そう言われて、神様は素直に光之が差し出した缶を受け取った。

「いただきます」

「お疲れ様です」

神様と光之は、普通に酒盛りを始めた。

「明日土曜日ですけど、何時からバスが動いているかわかりますか？」

朋香は、冷蔵庫に貼ってある時刻表を見る。

「六時から動いてますよ」

朝方はけっこう本数がある。でも土曜日だから、結局少ないのだ。

「送っていきましょうか？」

「いえ、そんな。電話を通じさせることを優先してください」

そういえば忘れていた。電話がかけられないのだ。何だか静かな夜だった。もし今、電話がかかってきたら、神様のことを黙っている自信がない。黙っていろと言われたわけではないが。来るって決まっていたんだし。

「じゃあ、バス停には双子に送らせますよ。あの子たちの顔を見てから、行ってくださいね。楽しみにしてるから」

「わかりました」

神様と光之は馬があうようだった。ちょっとうらやましい。だって神様だもん。緊張するじゃないか、やっぱり。粗相《そそう》があってはいけないって。

それにしても、あの飲みっぷり——。しかも手慣れた雰囲気。あの指先で、よくプルトップが開けられるものだ。

はっ。開けて差し上げなくてはいけなかっただろうか？

「——何、百面相してんだ？」

光之に言われて、我に返る。

「風呂に入ってくれれば？」

「えー、でも……おつまみ足りる？」

ちくわにきゅうりをはさんだ奴とかチーズとか、そういうのしかないが。

「充分だろ？　あっちの部屋にもまだ残ってるし」

「ダメよ、あっちのは。明日神社に持ってくんだから」

食べかけだけど、空の皿を持っていくよりはいいんじゃないか？　あ、いや、食べていただいた方がいいのかな？　だからってつまみにしていいってことには――。

「いいから、風呂に入ってこい。お前、最後だろ。どんどん遅くなるぞ」

そうだった。光之は帰ってきた時に済ませているから。

お待たせしてはいけない、と思い、朋香は急いで風呂に入った。湯につかっているといろいろなことを考えて、いてもたってもいられず、ほとんどカラスの行水《ぎょうずい》だった。

居間に戻ると、やはりつまみが足りなかったらしく、二人は双子が食べ残したポテトチップスを食べながら飲んでいた。あーあ、こんな時間にポテチなんて太るのに――。けど、神様は関係ないか。メタボにも縁がなさそう。ていうか、本当の身体じゃないんだし！　でも、この場合、本当の身体の方に負担が行くんだろうか？

「お前……何でそんなに面白い顔をしてるんだ」

光之がこの上なく失礼なことを言う。

「あ、お先にすみませんね」

「いえいえ、そんな」

低姿勢な神様に気をよくしながら、朋香は発泡酒のプルトップを開ける。

そのあと、三人でいろいろな話をした。すごく普通のことばかり。神様は料理が得意で、和洋中、お菓子まで作るらしい。

「ケーキとかまでできるんですか？」

「できますよ。クリスマスとか誕生日に焼きますし」

神様が……クリスマス……今時はバリアフリーなんだろうか。

「最近はアップルパイに凝《こ》ってますね」

あの神社で？　大きいけど煤《すす》けた境内と、〝アップルパイ〟という言葉くらい似合わないものはない。

「おまんじゅうとか作らないんですか？」

やっぱ、こっちだろう。

「ああ、昔近所のおばあちゃんに教わって作りましたよ。でも、どっちかっていうとおはぎの方をよく作りますね。子供もそっちの方が好きらしくて」

今の口調――なぜかまるで、自分の子供のことを話しているようにも聞こえたが。気のせいかしら。けど、子供くらいいてもいいんじゃないか、と思える。神様の子供はやっぱり神様なんだろうか。出雲大社《いずもたいしゃ》に集まった時とかに、手作りのおはぎを食べさせたりするんだろうか——。

その後の話も、普通のサラリーマンのお父さんの話にしか聞こえなかった。光之よりもずっとたくさん家事をやっている。子供の世話と朋香が苦手な掃除をやってくれるだけでも充分だと思っていたが、料理もできたらいいな。本人のためにもなるし。

「眠くなってきましたか？」

光之が神様を見て言う。

「あ、そうですね……。ちょっと昼間忙しかったので」

声が確かに眠そうだった。

「じゃあ、お部屋にご案内します」

「いえ、ここでけっこうですよ」

えっ、ソファーで!?

「そんなのダメです！」

神様相手に思いっきりダメ出しをしてしまった。

「お部屋にちゃんと布団もご用意してあるので、そこで休んでください」

「いえ、あの……このバスタオルがあれば充分なんですが」

「せっかく用意したのに……」

思わず本音が。

「妻もそう言ってますし、ぜひ布団で休んでくださいよ」

光之はくすくす笑っている。何かおかしい？

「……はあ」

何だか困惑顔の神様だが、とにかく布団で寝ることは納得してくれたようだ。


ふかふかの布団の中に、神様は埋もれていた。この布団は、義母が大切にしていたお客さん用のものだ。少し重い純綿の布団。模様が見えるような白いカバーがかかっている。由緒正しい旅館などで使われるような高級品らしい。

「なんか落ち着かないんですけど……」

それは言われなくてもわかる。どうやったってサイズが違う。さすがに浴衣も着ていないし。ていうか、ずっと裸だけど。

「枕があると寝にくいですか？」

光之が枕をはずすと、なぜかそれを名残惜しそうに点目が追う。そりゃ確かにそっちの

方がサイズはぴったりではあるが、そんな——猫じゃあるまいし。

「あ、この方が落ち着きますね」

枕はあきらめたのか、神様はそう言ってうつぶせになる。なんというか——凄まじくかわいいんだけど。

「じゃあ、おやすみなさい」

「おやすみなさい」

灯りを消すと、神様の姿は見えなくなった。人ならば、布団が盛り上がっているからわかるけれども、この神様ったら布団の重さに負けている。

単に実体がないだけかもしれないけど。

「神様、今来てるから、表と裏の窓、開けなくてもいいかな？」

光之にたずねたのだが、まるで心で考えていたことが出てしまったような言い方だった。

「いや、開けといた方がいいんじゃない？」

光之には、見透かされているような気がした。

「双子に送らせるって約束したんだから、夜のうちに帰ったりしないよ」

窓を閉めておけば、帰らないと思ったのだが。

4

朝食の支度をしながら、朋香はそわそわしていた。

あれから、神様は帰ってしまったのではないか。

しかし、そんな杞憂《きゆう》も虚《むな》しく、客間の方から、

「神様ー、起きてー!!」

と、ご近所全員起こす勢いで双子の声が響く。何だか気の毒になってしまった。

やがて、ちょっとよたよたしながら神様が現れた。

「おはようございます……」

「おはようございます。すみません、騒がしい子たちで……」

「元気が一番です……」

「あ、座ってください。朝、パンなんですけど……いいですか？」

和食にした方がいいんじゃないか、と寝るまで悩んでいたのだが、

「家にあるものでいいって、隣のばあちゃんが言ってたろ?」

と光之が言っていたので、いつもと同じにパンにしてしまったのだが——お隣が言っていたこととは違う気が。

「あ、もちろんけっこうですよ。うちもパンが多いですし」

多いのか……。神様といえど、欧米化は避けられない?

双子がバタバタと駆け込んできた。

「ママ、布団たたんできた!」

「まー、偉い!」

彼らは二段ベッドに寝ているので、たたんだというのは神様の布団だろう。もう毎日いてほしいな、神様。双子がこんなに働き者になるなんて。

朝食を和《なご》やかに囲み、光之は出勤を——というか、携帯電話を取りに職場へ向かう。食卓で、二人は挨拶を交わした。

「いろいろお世話になりました。ありがとうございます」

「いいえ、こちらこそ楽しかったです。ではまた」

また……？　ああ、いつかまた当番は巡ってくるものね。けどそれって何年後？

双子が朝食を食べ終わってから、神様をバス停にお送りした。バス……確かに神社の前を通るけれども——やっぱり車で送った方がよかっただろうか。

「神様、あとでまた会おうね！」

お昼には神社で舞を披露するわけだから、当然みんなで見に行くのだ。この小さな身体で、どうやって踊るの？

「うん、そうだね。もうちょっとあとになるかもしれないけど——」

何かを含んだような言い方が気になったが、舞の時には面をつける、と道橋に聞いたことを思い出した。顔は見えないから、終わったあとに会えるってことなのかな？

バスがやってきた。バス停に停車できず、バックで戻ってきた。ドアを開けた運転手の顔を見て、朋香は吹き出しそうになった。多分、昨日のあたしと同じ顔をしている。ずっと神様を目で追っていた。

「ありがとうございました」

バスのステップでぺこりと頭を下げる仕草《しぐさ》があまりにもかわいらしく、このまま行ってほしくない、と思う。もうちょっとあとに会えるってどのくらい？　神様の時間と人間の時間は、ものすごく違うのではないか——。

ずっとずっと、うちにいてほしい。せめて来年も来てほしい。

でも、ドアは閉まってしまった。バスが走り出す。双子が大はしゃぎでバスを追いかけて走り出した。いつもなら止めるけれども、今の朋香にはそれができなかった。双子の行動をうらやましいとさえ思った。

光之は役場からすぐに帰ってきた。サポートセンターに聞いたとおりにパソコンで設定し直すと、電話はすぐに通じるようになった。とたんにベルが鳴り響く。

「おはようございます。お疲れ様でした。神様、もうお帰りになったと思いますが」

漏れ聞こえる元気な声は、道橋だった。彼の声は大きい。話していることが丸聞こえなくらい。

「ええ。さっきお帰りになりました。バス停までお送りしましたよ」

光之が言う。

「そうですか。……え、さっき？　バス停？」

「そうです」

そのあと、道橋は少し沈黙をして、声が小さくなって、会話の内容が聞こえなくなった。なぜ？


神社に向かうと、義父が出迎えてくれた。ちょっと二日酔いらしい。

「なんか道橋が元気ないんだけど、何か言ったか？」

「何にも言ってないよ」

「朋香さんも？」

「わたしも話してませんけど……」

何か粗相があったのだろうか。神様を怒らせたのかな。引き止めるのは我慢したけれども、本当はそういうことも思ってはいけなかったのかもしれない。

鬱々《うつうつ》とそんなことを考えていると、祭りのクライマックスである舞が始まった。今日がいい天気でよかった。雨だと拝殿で行われるそうなのだが、そこは狭いのだ。外でなら、堪能《たんのう》できるだろう。

「神様、いつ出てくるの？」

双子がわくわくしている。

「この踊り子さんのあとに出てくるよ」

踊り子さんて……。そりゃ確かにそうなのだが。

歌と太鼓、笛の音色に合わせて、きらびやかな衣装の神様が登場した。

「……でかい」

思わず朋香はつぶやいた。また不遜《ふそん》なことをっ。けど、あまりにも身長違い過ぎないかっ？

「パパー、あれ、ほんとの神様？」

「おっきすぎるよー」

双子が口々に不満を言う。今目の前で豪快な舞を披露している神様は、光之よりも背が高かった。裸足《はだし》なのに。そこは同じだが、この体格で面を取ったらあの顔って、それはそれで怖いものがある。

次第に双子がぐずり始めた。子供といえど、目の前にいる神様と、今朝自分たちが見送った神様が違うとわかったのだろう。光之が小声で何か話しかけているが、朋香は朋香でショックを受けていた。

「お、今回の舞は、井部《いべ》のリョウスケか」

後ろの方から声が聞こえる。井部のリョウスケって——井部酒店のあの息子さんのこと!?　そういえば、体格のいい人だった。

「最近、毎年井部の兄弟の持ち回りだろ」

「子供をきたえてるっていうから、来年くらいは変わるかも」

そうだ。祭りなんだもの。うちの供え物だって、本当に神様が食べるわけじゃないって、昨日の夕方まではそう信じていたのに。

じゃあ、あれは誰？　ていうか、何？　うちの発泡酒を飲んで、お供えを食べて、卵状になって身体を絞っていた、あのぬいぐるみは……。

呆然と考えている間に、舞は終わり、集まっていた人たちは露店や振舞酒《ふるまいざけ》へと流れていく。

「お参りしなきゃ！」

朋香は焦っていた。

「あんたたち、神様にお参りするのよ！」

双子は母の剣幕に押されて、きょとんとしていたが、やがて神妙な顔をしてうなずく。

家族四人で並んで参拝した。お賽銭《さいせん》も奮発。二礼二拍一礼も徹底。

『ごめんなさい、神様。食べかけをお供えしてしまいました。許してください。バチを当てないでください。けど、やっぱりアレに乗り移ってたんですよね？』

……余計なことも拝んでしまったように思うが、過ぎたことは仕方ない。

「光之くん」

道橋が話しかけてきた。何だかおずおずという感じで。

「ああ、道橋のおじさん。お疲れ様です」

「そちらこそ、大役を務められて……」

「いえいえ。とってもいい神様で、楽しかったですよ」

「楽しかった……ですか？」

「ええ。子供たちの相手もしてくれたし、一緒に酒も飲めたし、パソコンにもくわしくて」

「パソコン……？」

道橋の顔は、心なしかひきつっているようにも見える。

「けど、言われたように知らない間に来て、帰っていくってわけじゃないんですね。ちゃんと玄関からいらしたし、今朝も朝ご飯ご一緒しましたよ」

光之は、とても愉快そうに話している。実際に楽しかったわけだし。

あたしが見たのは、幻ってわけじゃないんだ——。

「そうですか……。それは、ようございました……」

道橋の肩は、がっくり落ちていた。何か声をかけた方がいいだろうか、と思ったが、何も言葉が浮かんでこない。

光之だけがなぜか上機嫌で、双子を露店に引っ張っていく。金魚すくいとヨーヨー釣りをして、わたあめとリンゴ飴とたこ焼きを買ってもらうと、ようやく双子に笑顔が戻った。

朋香はまだ少し混乱していたが。

そろそろ帰ろうということになり、義父を探すと向こうも探していたのか、何やら首を傾《かし》げながら近寄ってくる。

「道橋があきらめるって言ってたぞ」

光之に対して、いきなりそんなことを言う。

「え、何をあきらめたの？」

「立候補を、だよ。県議会のさ」

これには朋香も驚く。道橋の辞書には「あきらめる」という言葉などないものだと思っていたから。

「お前は政治家に向いてないって……。どうしたんだろ、急に。昨日までやる気満々だったのに」

「立候補してほしかったの？」

「いや、お前がやりたければ後押しはするつもりだったけど――なあ、いったいどうやってあの道橋を説得したんだ？　あいつは、ちょっとやそっとじゃ退《ひ》かない奴なんだぞ」

「別に説得はしてないけど……まあ、これも神の思《おぼ》し召《め》しだと思ったんじゃないかな」

「え？」

光之の言葉に、義父はさらにわけがわからない、という顔をした。

その神様とこの神社の神様は違うんじゃないか……。さらに言えば、今朝までうちにいた神様も。

「父さんも、昨日うちにいればよかったのに」

「どうして？」

そう。どうして光之はこんなににこにこ顔なんだろう。

「まあ、そのうちわかるけど」

だから、それってどういうこと？

神様が約束をちゃんと守った、ということを知るのは、祭りから数日あとのことだった。

伝説のホスト

1

まずい状況だ。

さすがのコウでもわかる。客が目に見えて減っている。

「どうしてヒカルがいないの？」

今日、何度目かの質問ににこやかに答えながら、コウは内心焦っていた。この客も、まもなくここを出ていくだろう。歌舞伎町のホストクラブはここだけじゃない。

悪いことはどんどん重なる。最初は、当時ナンバーワンだったオトヤが六本木の大手ホストクラブに引き抜かれたことだった。次にオーナーの都築《つづき》が病気に倒れ、次いで新しくナンバーワンとなったヒカルの入院――。

オトヤは、善きにしろ悪《あ》しきにしろ自分中心の人間だったので、都築が倒れた時は辞めていてよかった、と思ったくらいだった。ヒカルは少し押しは弱いが、人柄がいい。人をまとめるのも上手だし、交渉ごとも得意だった。彼の下なら素直についてくる者がたくさんいるだろうから、都築がいない間も何とかやっていける、と誰しも思っていた。

だが、そんな彼も酔っぱらい運転の車に轢《ひ》かれて、全治二ヶ月の大怪我を負ってしまう。都築の病も一進一退。新たにナンバーワンになったユウキがまた頼りにならない人間で——。

コウは、ホストになってまだ三ヶ月だった。下《した》っ端《ぱ》も下っ端。客に必死に名前を売り込むのが精一杯で、とても店に貢献できるレベルではない。だが、都築には恩がある。ただのチンピラだった自分を拾って、こうしてホストとして雇ってくれたのだから。

「お前はまだ始めて間もないんだから、早くに足を洗ってもいいんだぞ」

と、見舞いに行った時、彼は言っていた。だがコウはまだ、働き始める前に借りた金も全額返せていなかった。せめてそれくらいは返さないと気がすまない。

店がヒマになると無駄話が多くなる。コウはそんな話を先輩のタクヤに話していた。

「何とかもり立てたいんすよね」

意気込みはあるが、策はない。コウは、自分が水商売に向いているのかどうかもわかっていなかった。酒だけはめっぽう強いが。

「あーあ、こんな時、〝伝説のホスト〟がいてくれたらなー」

タクヤがつぶやく。

「〝伝説のホスト〟？」

「あれ、知らない？　オトヤさんから聞かなかった？」

コウは、ヒカルとはよく話したが、オトヤには近寄りがたく、挨拶《あいさつ》以外はほとんど口をきいたことがなかった。

「オトヤさん、よく話してたよ。

『俺よりすごい奴は、あいつだけだ』

って」

俺様であるオトヤがそんなふうに認めている男がいたとは——。

「プライドの高いオトヤさんとは思えないセリフだろ？　でも、ほんとに言ってたんだよ。他にも聞いてる奴、いると思うけど」

「そうなんすか……」

「何しろ一晩の売上の記録作って、以来破られてないんだから」

「……いくらなんですか？」

タクヤから耳打ちされた金額に、コウは声を失った。

「に、に——！」

「多分、日本記録だと思うぜ。何しろここらの女という女がみんな集まって、他のホストクラブが空っぽになったっていうんだから」

自慢げにタクヤは語るが、彼も実際に目にしたわけではなさそうだ。

「オーナーとヒカルさんは知ってると思うけど」

コウは、その〝伝説のホスト〟に会ってみたいと思った。あわよくば、店のこの危機を救ってもらえたら、とも。

見舞いの時に都築とヒカルに話してみたが、二人ともあまり乗り気ではなかった。特に都築は、

「あの人はだめだ」

ときっぱり言った。

「今はカタギなんだし。あの人の生活の邪魔はできない」

ヒカルは彼ほどではなかったが、反対した。だが、

「ほんとのこと言うと、俺もあの人に会いたいんだ」

とも言った。

「でも、どこに住んでるかわからないし」

都築は知っているようだが、教えてくれなかった。

そうなると——オトヤに頼るしかないのか？

彼の連絡先はつてを頼ってすぐにわかった。しかし、他のホストクラブに引き抜かれたかつての先輩に電話した、と今の仲間に知られるとまずいかも、と思いながら何日か迷い、ようやく電話したのは二週間ほどしてからだった。もしや電話番号が変わっているのでは、と思ったが、そんなこともなく彼は出た。

「誰？」

知らない番号の着信に警戒している声音《こわね》だ。

「あの……コウです。お久しぶりです」

「……え？　ああ、コウ。コウか？　おー、久しぶり」

てっきり忘れられていると思っていたが、オトヤは意外にも憶《おぼ》えていた。店の名前を出さないとわからないと思ったのに。

「すいません、お忙しいところ」

「いや、いいよ。別に今、ヒマしてたし―」

軽い調子は変わらないが、拒否されなかったのでホッとする。

「あの……いきなりで申し訳ないんですが……教えてもらいたいことがあるんです」

「ああ、いいよ。何？」

この人って、こんなにきさくだったんだ――と思いながら、コウは話を続ける。

「あの、タクヤさんから聞いたんですけど……〝伝説のホスト〟って人の居場所って知ってますか？」

「……〝伝説のホスト〟？」

「そうです。あの、売上記録がすごくて……誰も超えたことがないって人――」

オトヤの返事がない。切れたのか、と思ったが、

「……何、その人に会いたいの？」

やがて探るような声が聞こえた。

「はい」

「どうして？」

「今、うちの店、大変で——」

コウは店の窮状をなるべく簡潔に伝えた。彼はもう店の者ではないし、元後輩の愚痴のようなものを聞かせても機嫌を損《そこ》ねるだけだ。

「——それでその〝伝説のホスト〟みたいな人がいれば、何とか乗り切れるかなって思って」

「ふーん……。それで俺にその居場所を訊いたと」

「はあ……」

「わかった」

あっさりとオトヤは言った。

「は？」

「俺も直接知ってるわけじゃないから、ちょっと調べてみる。しばらく時間くれ」

彼はそう言って、電話を切った。あまりにも簡単に話が通じて、あっけにとられる。ホッとしたが、同時に不安にもなった。彼は約束を守ってくれるだろうか？

さらに二週間たっても店の状況はよくなっていなかったが、オトヤからの連絡はあった。

「明日、東京駅で待ち合わせな」

「え？　連絡先、教えてくれるんじゃないんですか？」

「だって、駅に迎えに来るって言うから、電車で行くしかないだろ？　車停めるとこないって言うし」

会話が嚙み合っていない……。

「オトヤさんも来るんですか？」

「ああ？　住所知ってんのは俺だぞ？」

それもそうだった。

オトヤは、午後一時に銀の鈴、というベタな待ち合わせを設定して、電話を切った。きさくというかあっさりというか、マイペースな人だ。

ヒカルの見舞いに行った時、そんな話をしてみた。都築に言うと怒られそうだが、ヒカルは〝伝説のホスト〟に会いたいと言っていたし、知らせてあげるべきかも、と思ったのだ。

「連絡先がわかったら、教えますよ」

「うん……」

しかし、なぜかヒカルの返事は歯切れが悪い。見た目の穏《おだ》やかさとは裏腹に、はっきりとものを言う彼にしては、珍しい反応だった。

「ヒカルさんって、その人に会ったことあるんすよね？」

「うん。ある」

「どういう人なんですか？」

オトヤに訊こうにも、向こうのペースに乗せられて無理だったのだ。

「うーん……まあ、普通の人だったかな？」

「普通!?」

〝伝説のホスト〟なのに？

「でも、不思議な人でもあったな」

続けてそうもつぶやく。

「……どういう意味すか？」

「そのまま。普通で不思議。不思議で普通の人だよ」

ヒカルはそれ以上、説明しなかった。その話をしている間、ヒカルはちょっと遠い目をしていた。この間、その人に「会いたい」と言っていたけれども、それは嘘じゃないんだな、とコウは思った。

2

明け方まで仕事をしていたから、日の光が目に染《し》みる。寝不足なのはデフォルトだ。銀の鈴が外になくてよかった。

しかしオトヤはそんな素振《そぶ》りも見せず、なぜか以前会った時よりもさわやかに見えた。

「眠そうだな」

「……眠いっすよ。オトヤさん、八時間寝たって顔してますね」

「実際八時間寝たし。昨日、店休んだから」

「ええっ」

いったいその気合いの入れようは何だろう。服装は……ジャケットにジーンズという普段着だが。

「オトヤさん、その〝伝説のホスト〟って、女っすか!?」

「バカ」

おでこでオトヤの掌がパチンと音を立てる。

「女はホステスだろが」

やっぱり、微妙に話がズレている……。

東京駅から横須賀線に乗る。電車は空《す》いていた。座席はあらかた埋まっていたが、まだ余裕がある。四人がけの座席の窓際に向かい合って座った。

「どこの駅なんですか……？」

「鎌倉だよ」

「えーっ、海ですか！」

「鎌倉って聞いて海って思うのか、お前は」

「だって江ノ島に近いでしょう？」

「そりゃ近いけど、普通は寺とか大仏とか」

「えー、でも、海も近いんすよね」

「まあな。そんなに海に行きたいのかよ」

いや、そんな。デートじゃないんだし。

「時季でもないしなあ。もう秋も終わりだぞ」

だから、デートじゃないのに。

「オトヤさんって、いつもこんな感じなんですか？」

最初に電話をした時は、きさくなあんちゃんだと思っていたのだが、だんだん違ってきた。

「何？」

「なんかこう……話をはぐらかすというか」

のらりくらり、という単語が出てきたが、それは言ってはいけないような気がした。大した違いはないが。

「ああ、店ではそうかなあ」

怒るかと思ったが、あっさり認めた。

「でも、割とそういう会話を楽しんでる人もいるぜ？」

「はあ、そうかもしれません」

自分にはできそうになかった。割とストレートに何でも言ってしまうので、よく先輩から怒られる。

「話術を身につけろって言われるんですけど、どこをどうしたらいいのか、さっぱりわかんないんすよね」

「顔だけじゃやっていけないぞ」といつも言われているのだ。

「お前、この仕事始めてどのくらい？」

「三ヶ月——もうすぐ四ヶ月です」

「いくつ？」

「はたちです」

「俺だってその頃は、そんなもんだったけど。まあ、何事も焦って身につけようとしてもついてこないもんだからなあ」

オトヤと一緒にいれば、何かコツを盗めるだろうか。

「はあ、勉強になります」

「……お前さあ」

オトヤは何だかあきれたようにため息をついた。

「何ですか？」

「やっぱバカだろ、お前」

「えーっ」

「あのさあ、俺はライバル店に移った人間なんだぜ。こんなとこ誰かに見つかったらどうするつもり?」

「え、あー……」

それもそうだ。

「店が危ないことまでバラしちゃって」

コウは顔面蒼白になる。そんなこと、考えてもいなかった。

「まあ、そうは言っても俺だって、何で元の店の売上に関わるようなことしてんのかって話だけど」

ああ、そうか。もし〝伝説のホスト〟を引き抜けたら、オトヤの店の損害にもなりかねない。

「だったら、どうして俺に教えてくれる気になったんすか?」

「ん? 俺、別に教えるなんて言ってないけどな」

「えーっ」

さっきから「えー」ばっか言っている気がする。

「ま、〝伝説のホスト〟なんかあてにすんな」

「じゃあ、どこに行くんですか……」

「とにかくつきあえや」

それっきり、オトヤはあくびをして、居眠りを始めた。八時間寝たって言ったくせにっ。

横浜を過ぎたあたりでオトヤが起きたので「乗換《のりかえ》はないんですか？」とたずねたら「ない」ときっぱり言われた。

「江ノ電とかに乗るかと思いました——」

「遠足じゃないんだからさ」

でも、ちょっと乗ってみたい。

鎌倉のイメージとは違うらしいが、コウの中ではもう、海の近くに住んでいる〝伝説のホスト〟はサーファーでしかなかった。日に焼けたたくましい身体で波を操るかっこいい男を想像して、わくわくしてくる。ホストを辞めたあとに、サーフショップやダイビングスクールでも始めて、実業家としてもウハウハ——みたいな。

ところが着いた鎌倉駅前には海の「う」の字もなくて、ちょっと愕然《がくぜん》とする。どちらかといえば山の中みたいな駅だった。

「オトヤさん、手土産《てみやげ》はいいんすか？」

「あー……そういえば忘れたな」

気配り上手なホストにあるまじきことだ。

「鳩サブレー買ってきましょうよ」

駅前に店があるではないか。

「……どうして鎌倉に住んでる人に鳩サブレー持ってかなきゃなんないんだよ」

「鳩サブレー、好きなんですけど、俺」

おいしいから。

「何で鳩サブレーのことは知ってんだ、お前は」

「お客さんがくれたんす」

「お前は安上がりな男だよ」

ロレックスはまだもらったことはないけれど、鳩サブレーでも充分うれしかった。

オトヤはぶつぶつ言いながらも、鳩サブレーを買ってくれた。手提げ袋がかわいい。オトヤにもコウにも全然似合わない。店の中でも浮きまくっていた。

好奇な視線にさらされながらしばらく駅前で待っていると、白いミニバンがやってきた。

いや、ミニバンなんて全然珍しくないのだが、その車には何と！　運転手が乗っていなかったのだ。

「オトヤさん！　幽霊ミニバンですよっ！」

「怖くねえなあ、そのネーミング」

まったく平気な顔をしている。さすがナンバーワンだ、とコウは思う。

しかも、そのミニバンが自分たちの前に来ようとしても、平気な顔をしているっ。さらに、手まで振ってる！

ミニバンは、オトヤとコウの真ん前に停まった。オトヤは、何のためらいもなく、助手席のドアを開けた。ちょっと怖いので、少しあとずさる。

「お久しぶりです」

「いやいや、こちらこそ」

誰の声？

「迎えにまで来てもらって、すみません」

「こっちこそごめんね、駐車場に余裕ないから」

声の感じでは、中年の男性だが……そんな人、どこにも見えない。

「お連れさんは一人？」

「はい。バカな奴ですけど、よろしくお願いします」

「バカな奴!?」

って俺のこと!?

「ほら、頭下げろ」

下げろってどこに——と言おうとした時、オトヤに頭をつかまれて、ぐいっと車の中に押し込まれた。

運転席に、ピンクのぶたのぬいぐるみが置いてあった。こっちを見ている黒ビーズの点目。突き出た鼻。バレーボールくらいの大きさで、右耳がそっくり返っている。

「あ、こんにちは」

今一瞬、ぬいぐるみがそう言ったように聞こえたのだが？

「お名前は？」

まるで五歳児に話しかけるような声も聞こえた。

「ほら、名前だよ、名乗れ」

背後から、オトヤのドスのきいた声が。ということは、さっきの声はオトヤのものではない。すばやく車の中を見回すが、人の気配はなかった。とにかくあるのはぬいぐるみが一個。

「わたしは山崎といいます」

「や、やまざき？」

あまりに普通なので、かえってびっくり。いや、自分が何に驚いているのかもわかっていないのだが。

「あ、あの、犬塚《いぬづか》、といいます」

「犬塚くん？」

「お前、犬塚って名字なんだ」

オトヤと中年男性の声が重なる。何だかぬいぐるみの鼻が、もくもく動いたような気が……。

「下の名前は？」

「こ、耕三《こうぞう》……」

それで「コウ」と名乗っていたのだ。漢字を説明すると、

「犬塚耕三――渋い名前だな、おい」

オトヤの声は、まるで感心しているようだった。でも、コウは自分の名前が嫌いだった。「耕」の字が年寄りくさいし、三男だからって「三」をつけるなんて安易すぎる、と思っているのだ。

「オトヤさんの本名って何ていうんですか?」

「俺? 金子《かねこ》音也。普通だろ?」

いやっ、名字はともかく、音也って名前は響きがかっこいい。

「ほら、ぶたぶたさんにちゃんと挨拶しろ」

気づいたようにオトヤは言う。ぶたぶたさん!? 挨拶!? ということは、やっぱりこのぶたのぬいぐるみに挨拶をしろということ!?

「あ、あの、オトヤさん……」

「挨拶しろ」

「で、でも……」

戸惑うコウに、オトヤはいきなり爆弾を落とした。

「この人が、お前が会いたがってた〝伝説のホスト〟なんだぞ」

彼は、しっかりぬいぐるみを指さして、そう耳元でささやいた。

「うっ――」

嘘、という言葉はコウの口から出なかった。それを言うなら、ミニバンがここに来てからのこと、全部嘘だ。ぬいぐるみが、コウとオトヤの顔を見比べて、困ったようなしわを点目の間に作ったことも含めて。


コウは、ミニバンの後部座席で混乱する頭を抱えていた。

前の座席では、オトヤと山崎ぶたぶたという名のぬいぐるみが、会話を続けている。

「今、部屋空いてるんですか？」

「うん、まあね。うち、そんなにシーズンってないから。常連さんばっかだし。あるとすれば、梅雨時《つゆどき》かな」

「珍しいですよね、梅雨時に混むって」

「いや、混むってほどでもないよ。常連さんのお連れが増えるって程度で」

運転しているのは、ぶたぶたである。実はコウは、それが怖くてたまらなかった。乗り込む時、

「オトヤさん、運転しないんですか？」

と言ったら、

「は？　何で？　ぶたぶたさんの車じゃん」

何を言われたのかわからない、というような顔をされてしまった。

「じゃ、じゃあ俺はタクシーで——」

と逃げようとしたら、

「お前、〝伝説のホスト〟様がせっかく迎えに来てくださったっていうのに、その態度は何だ？」

頭に角が生えているかのような形相《ぎようそう》ですごまれ、こうしてここに座っている。しかし、特に事故る気配もなし。赤信号でもちゃんと停まる。

しかも（？）、ぶたぶたはちゃんと仕事をしている。旅館？　民宿？　まあ、そんな感じの。

どうもオトヤは、コウを連れてそこへ行こうとしているらしい。というか、手伝いをしようとしている？

「みんな元気なんですか？」

「元気だよ〜。元気過ぎて困るくらいだよ」

困ったような声でぶたぶたは言う。みんな、というくらいだから、従業員もいるのだろうか。俺たちはボランティア？

やがて、車は緑濃い風景の中にどんどん入っていく。これ……山だろ？　海から離れていく。ああ、少なくとも、ぶたぶたを見た瞬間に、サーフショップをやっているところなど霧散したけれども。

坂道の途中の小道に入って少しすると、立派な日本家屋が見えてきた。すごく大きい。家というより、屋敷のようだった。コウの田舎にも、これくらい大きい家はあるが、だいたいが農家なので、造りが全然違う。

「おっきいっすね……」

思わずつぶやくと、

「だよなー。文豪の夏の別荘って感じしねえ？」

とオトヤは言うが、え、そのイメージが頭に湧かない……。

「ぶ、文豪って……？」

「いや、それは俺の印象。ほんとは華族様でしたっけ？」

「そう。旧華族の夏の別邸だったんだって」

「カ、カゾク……？」

家族って字しか浮かばないのだが。

「何、もしかしてお前、華族って知らないの？」

知ってるんだ、オトヤさん……。

「外国の貴族とおんなじ意味だよ。日本での貴族が昔そう呼ばれてたの。太平洋戦争直後まで」

「き、貴族って日本にもいたんすか……！」

お笑いコンビしか頭に浮かばない。

車は、屋敷の大きさに似合わないささやかな庭に入って、玄関前で停まった。

「まあ、ここは戦後すぐに売られちゃったらしいから、今じゃ華族のものだった時期の方が短いんだけどね」

ぶたぶたは後部座席の買い物袋を持とうとしながら、そう言う。

「あ、持ちます！」

コウはとっさにビニール袋を取り上げた。それらは、みんなぶたぶたよりも大きかったから。やっぱり持たせるのはかわいそうだ。

荷物をオトヤと分け合って、車を降りた。

「ここって……ぶたぶた——さんの家なんですか？」

意を決してたずねてみる。だが、ぶたぶたが答えるより先に、オトヤが言う。

「ここはマナーハウスなんだよ」

「ま、まなーは……？」

またまたわからない単語が出てくる。

「いやいや、それってなんちゃってだから」

ぶたぶたは即座に否定したが、

「旧華族の屋敷を使った民宿みたいなもの。マナーハウスというより、B&Bだよ」

「びーあんどびー……」

そ、そういうお笑いコンビがいたと父親から聞いた気が……。

「B&Bっていうのは、〝ベッド&ブレックファースト〟ってことでね、朝食のみを提供する宿泊施設のこと」

ぶたぶたの説明にようやく納得する。

「じゃあ、マナーハウスっていうのは？」

「イギリスの貴族とかが持ってた大きな邸宅のことで、ホテルになってるところもあるの。ここが元華族のお屋敷だったから、泊まった人がそう呼んでくれただけ。本当の名前は〝流翠館《りゅうすいかん》〟」

玄関脇の表札に、そう書いてあった。かなり古そうな表札だ。

「元々そう呼ばれていたらしいから、そのまま使ってるの。県の文化財指定も受けてるから、管理も兼ねての民宿なんだよ」

そうなんだ……。

「本物のマナーハウスだったら、周りの敷地も含めてなんだけど、ここら辺はもうみんな税金払うために周りは売っちゃったらしいんだよな。建物とちょこっと庭が残ってるだけ。裏の日本庭園はなかなかいいぞ」

オトヤの解説を感心しながら聞いていると、二十代前半とおぼしきかわいい女の子が二人、流翠館から出てきた。

「あっ、ぶたぶたさん！」

驚きもせず、女の子たちは手を振る。

「あ、いらっしゃいませ」

「またお世話になりますぅ〜」

語尾にハートマークがついているような声だ。

「もう出かけるの？」

「はい！」

「気をつけてね」

「遅くなる時は電話しますね」

「わかりました。いってらっしゃい」

二人はちらりとコウとオトヤに視線を向けたが、特に関心もなさそうに目をそらして、出かけていった。

さ、さすが〝伝説のホスト〟——六本木のナンバーワンホストもかなわないのか⁉

「あの二人は、仏閣マニアですか？」

「いや、源《みなもとの》頼朝《よりとも》の追っかけだって」

その名前は——教科書でしか聞いたことがないが。とっくに死んでいるのに、なぜ追っかけ？

「最近、若い女の子はそういうのが増えたよ。歴史上の人物もアイドルも変わらないよね」

そうなんだ——って、さっきからそればっかりだ。

ようやく荷物を中に運び込む。主に食材らしい。

「ぶたぶたさん、夜の食事はやらないの？」

「うーん、それみんなから言われるんだけど——」

玄関に上がったとたん、中からどたばたと足音が聞こえた。

「お父さん！」

「お帰りなさい！」

小学生と幼稚園くらいの女の子二人が、転がるようにやってきた。どう見ても姉妹の二人が言った言葉に、コウはまた愕然とする。

「おー、ただいま」

ぶたぶたが普通に返事をしている。彼よりも大きな女の子たちが、「お父さん」「お父さん」とよってたかって荷物を取ろうとしていた。

お父さん⁉

「オトヤさんだよ、憶えてる？」

姉らしき女の子にぶたぶたが言うと、彼女はしばらく考えたのち、

「わかんない！」

と元気よく答えた。ガクッとずっこけそうになる。

「都築のおじさんの友だちだよ」

「そうなんだー。こんにちはー」

都築――オーナーのことはよく知っているらしく、ぱっと笑顔になる。

「こんちは。久しぶり。ちびちゃんはほとんど初めましてだよな？」

妹にオトヤが声をかけると、彼女はぶたぶたの陰に隠れようとして――完全に失敗していた。

「あ、こいつ、俺の後輩のコウね。よろしく」

ぐいっと首根っこをつかまれる。

「こんにちは、コウさん」

「……こんにちは」

妹も、小さい声ながら礼儀正しく挨拶をするので、

「こ、こんにちは……」

コウもひきつった声で返すしかなかった。お父さん……この子たちの父親って、このぬいぐるみが⁉

「あら、おかえり。早かったね」

廊下の奥から、女性が顔を出した。三十代とおぼしき人。化粧気はないが、美しい。

「お母さん、お父さんのお友だちが来た！」

コウはもう限界に近づいていた。マジ倒れそう……。

「はい、おみやげ」

「あーっ、鳩サブレー！」

「わーい！」

「やったー！」

オトヤは差し出したみやげに対する食いつきに目を丸くした。

「そんなに鳩サブレー、好きだったんだ……」

「いや、鳩サブレーもおいしいけどね、この子たちの目当てはこの紙袋」

自分たちには恐ろしく不似合いだった紙袋を持って、女の子たちははしゃいでいた。

「かわいくてお気に入りなんだけど、鎌倉に住んでるとわざわざ買わないし、おみやげにももらわないでしょ？　だから、喜んでるんだよ」

ぶたぶたの解説に、オトヤは感心したようにうなずく。

「そうなんだ〜。コウ、喜べ。お前の思惑は当たったぞ」

「いや、そんなつもりは……」

「お兄ちゃん、ありがとう！」

双子のように声を揃えてお礼を言う女の子たちを見て、半分はぬいぐるみなんだろうか、と思う。

いったい自分はどこの世界に入り込んでしまったんだろうか——⁉

3

そういえばここに来た目的は、〝伝説のホスト〟に店を救ってもらおうと思ったからではなかったか。

なのに、どうして今こんなことをしているんだろう。まるで昭和の時代に戻ったようだった。畳敷きの部屋。大きなこたつの上には土鍋。ぶたぶたとその妻と娘たち、そしてオトヤとコウでそれを囲んでいる。

しかもその鍋が、豚しゃぶだなんて！　悪趣味にもほどがある。

「何、食べないの？」

オトヤが訊いてくるが、

「食べますよ。食べますけど……豚しゃぶって――」

「あ、やっぱりすきやきの方がよかったかしら？」

ぶたぶたの妻の言葉に、あわててコウは首を振る。

「いえ、そういうことじゃなくて――」

けど、牛だとあんまりいろいろ考えなかったかも。

突然、ぶたぶたが吹き出すように笑い出した。

「いやー、オトヤくん、思い出すよね」

ポンポン、と濃いピンク色の布が張られた手で、オトヤの腕を叩く。本当は肩を叩きたいのだが届かないんじゃないか、と思う。

オトヤの顔が、ちょっとひきつる。

「五年前の君にそっくりだよね、コウくんは」

「……そうでしたっけ？」

ブスッとした顔で、彼はつぶやく。

「五年前……？」

聞いてみたい。伝説の売上をたたき出したあの夜に関係ある？

と、口に出そうとした時、オトヤがコウの取り皿にドカドカ肉を入れ始めた。

「ほれ、食えっ」

「えーっ」

「野菜も食べろ」

ぶたぶた家の豚しゃぶはちょっと変わっていた。肉は豚バラ。野菜は水菜とゴボウ。タレはポン酢のみ。大量の大根おろしと万能ネギと、大人はお好みでゆずこしょう。

「オトヤさん、この肉ちゃんと火通ってるんすか？」

豚肉なのに。

「大丈夫だろ、お前の腹なら」

「どういう意味すかあ！」

子供二人がゲラゲラ笑っている。ちょっと恥ずかしい。妹がいるってこんな感じだろうか。実家は三兄弟で、しかも自分が一番下だから、女の子が食卓にいる、という状況はあまり縁がない。

だいたい、こういう状況自体、とても珍しい。決まった彼女も今はいないし、食事は一人ですることが多い。仕事はそんな簡単に休むわけにはいかないから——。

「あっ!」

いきなり思い出して、大声を上げる。

「店! 店に連絡!」

「ああ、俺入れといたから」

「えっ!?」

「ぶたぶたさんち泊まるから休むって言ってある」

オトヤの言葉にあっけにとられて、箸を取り落とす。

「俺が休むってことっすか?」

「そうだよ。俺も休むけど」

「そんな理由で休めるんすか?」

「都築さんはいいって言ってたよ」

辞めたオトヤが、元の店のオーナーと連絡を取り合ったというのも信じられない。

「あの人、ぶたぶたさんに弱いからな」

「そんなことないよー。こっちこそお世話になってるんだから」

「……どんなお世話なんですか？」

思わず言葉にしていた。

「夏になると、家族でここに泊まりに来るからね」

……普通だ。

「もっとすごいこと期待してたって顔してるな」

オトヤにずばり当てられて、ちょっとあわてる。

「期待しますよ、そりゃ」

だって、〝伝説のホスト〟と言ったのはオトヤだ。どれだけ伝説なのか知りたくても教えてくれないし、訊こうとするとはぐらかされる。

「オトヤくん、自分のこと話したくないからって、意地悪しすぎだよ。何で彼を連れてきたの？」

ぶたぶたの呆れ顔に、オトヤはばつが悪そうに顔をしかめた。

「自分のことって？」

助けられたように思えて、コウは図々しくたずねた。

「……あとで教えてやる」

オトヤは拗《す》ねたような声で、そう答えた。


コウは、なぜかぶたぶたの下の娘に気に入られた。

「絵本、読んで」

これでは妹というより娘に近い……。コウは言いなりに絵本を読み始めたが、次から次へと本を持ってくる。眠くないから、というより、まるでダメ出しをされているようだった。でもどう読めって……役者じゃないんだから。

もう何冊読んだかわからなくなった頃、ようやく彼女は寝つく。

はあ、何だか疲れた……。かわいいけど、ちゃんと相手するのって大変だ。お客の相手をしている方が、ずっと楽かも。

「五年前は、まだ生まれたばっかだったのに」

振り向くと、ふすまの陰からオトヤが部屋をのぞきこんでいた。

ぶたぶた一家は離れに住んでいた。母家は民宿として使用しているが、ガラス張りの渡り廊下でつながっている。その廊下から見える日本庭園がまた見事だった。観光地のように整っているわけではないが、地元の腕の確かな庭師に頼んでマメに手入れをしているらしい。ここまでぶたぶたがやっていたらどうしよう、とコウは思っていた。

そうでなければ、自分があまりにもみじめすぎる。

高校は一応卒業したが、まともに行っていなかったし、家を飛び出してから就《つ》いた職は長続きせず、バイトも転々とした。女のヒモのようなこともしていたし、犯罪スレスレなこともそれほど罪悪感なしにやってきた。

顔がよかったというだけで拾ってもらったこの業界だが、いまだに向いているかどうかもわからないし、明日にでも投げ出しそうな自分を否定できないし。

「こいつ、面食いらしいよ」

オトヤが、ぐっすり眠っている女の子を指さして言う。

「じゃあ、オトヤさんには負けますよ」

「いや、好みがうるさいらしい。別にイケメンが好きってわけじゃなくて、顔がきれいなら、男でも女でもいいらしい」

「いたいけな女の子の嗜好を今から決めつけるみたいに――」

ぺしっ、とまたおでこをはたかれた。

「美的感覚に秀でている、と言ってやれ」

それじゃあ、まるで俺の顔が「きれい」って言ってるみたいで……そんな恥ずかしいこと、思いたくもない。それしかとりえがないみたいじゃないか。

……そうかもしれないけど。

「あ、寝た？」

ぶたぶたものぞきこんできた。

「ごめんね、コウくん。絵本をいっぱい読まされたみたいだけど」

「いえ、いいんです」

これ以上ここにいると起こしそうなので、コウは立ち上がり、そっと部屋を出た。入れ替わりに、ぶたぶたの上の娘が隣の布団に潜り込む。

「おやすみなさーい」

二人とも屈託のない子たちだ。下の子の美的感覚は別にして、顔や職業を気にしない人間と一緒にいるのは久しぶりだった。

「飲みながら、話そうか」

部屋を出ると、ぶたぶたが言った。

「ぶたぶたさん、朝、仕込みがあるんでしょ？」

「あるけど、大丈夫。久しぶりだしね」

「奥さんは？」

「母家でお客さんと盛り上がってるよ。お客さんっていうか、友だちだけど」

友だちが常連客になったり、その反対だったりして、ほとんど親戚のようにつきあっている人たちも少なくないという。都築の家族もその一つだそうだ。

オトヤはどうなんだろうか。

「都築さんが送ってくれた焼酎があるから、飲まない？」

「飲みます飲みます」

「つまみは残り物だけどね」

ぶたぶたはすっかり片づいたこたつの上に、焼酎の一升瓶とラップのかかった皿を並べた。

「そろそろお湯割りかなあ」

そう言いながら、梅干しも添えた。

テレビもついていない部屋で、三人はぶたぶたが作ってくれた焼酎のお湯割りを飲み、残り物と乾き物のつまみをつまんだ。こんな雰囲気で飲むのは初めてだった。いや、もうぬいぐるみがいることだけでも希有《けう》な経験なのだが。

「あの！」

もはや空気を読むだけでは満足できず、コウは強引に話をしようと決意した。

「俺、一応目的があってここに来たんですけど」

二人とも、いきなり話し出したコウにきょとんとした目を向ける。ぶたぶたの黒ビーズが、とても愛らしい。娘たちよりもかわいいかも、と思う。おじさんなのに。

「ぶたぶたさんに、復帰してもらえないかと思いまして――」

「復帰？」

ぶたぶたはスルメを食べていた。ゲソが鼻の横から出て、もごもご動いている。触手、という言葉が浮かんだが、怖いのですぐに打ち消す。

「はい。今うち、大変な状況で――」

「うち？」

「あの、オトヤさんももういないし——都築さんもヒカルさんも入院してるし……とにかく、危機なんです！　それで、どうしてもぶたぶたさんの力を借りたくて——」

「え、僕の？」

「はい。ぜひ復帰してもらいたいんです」

ぶたぶたはしばらく黙っていた。何やら考え込んでいるらしいが、コウはじっと返事を待っていた。都築には世話になっていると言っていたし、きっと承知してくれるはず。ここでの仕事もあるんだし、そんな無理を言うつもりはなかった。一週間——いや、三日でもいいから、日本一の売上をあげなくてもいいから、昔なじみのお客でも呼んで、パーッと騒いでくれればいいのだ。少しの間、繋いでくれれば充分。

「あのー、何か勘違いしてるようだけど」

ぶたぶたは、いつの間にか困ったような顔をしていた。

「復帰というのは、やっぱりホストでってことだよね？」

「そうです。だってぶたぶたさん、〝伝説のホスト〟でしょう？」

ぶたぶたは、ため息をついた。

「……オトヤくん」

「〝伝説のホスト〟って言ったのは俺じゃないですよ」

しれっとオトヤが言い放つ。

「ええっ⁉　でも、タクヤさんが――」

「ぶたぶたさんの話はしたけど、それだけだよ。周りの奴が勝手にそう呼び始めただけ」

「じゃあ……じゃあ、あの話は？　売上が日本一っていうのは――」

「なんかそれって、どっかのスーパーみたいだねえ」

ぶたぶたがひとごとのように突っ込む。

「あれは本当」

「それじゃ、やっぱり――」

「ただ、金額は多分、聞く奴によって違うぞ。そこら辺は尾ひれがついてる」

「あれ、僕も正確な金額は知らないんだけど――」

ええっ、何で本人が知らないんだ⁉

「都築さんは知ってると思いますよ」

「そうだよね。でも、いいや」

「いいんですか？」

ということはもう――ホストには戻ってくれないということ？

「コウくん。そもそも僕はね、ホストじゃなかったんだよ」

「……え？」

「ホストどころか、あの店にいたのって、たった一晩だったんだから」

「一晩!?」

一晩で記録を作ったのか!?

「元々、バーテンとして入ってたんだよ。都築さんに頼まれて、数日バイトしないかって誘われたんだ」

「その時はもうここにいたんですか？」

「いや、やろうとしてて、資金を貯めてたの。仕事だったら何でもしてたから、都築さんの誘いも気軽に応じてね」

「そもそもどうして都築さんと知り合ったんですか？」

「ここを見つけた時にお世話になった不動産屋さんの友だちだったんだよ。彼、鎌倉出身なんだよね。実家はもうここから引っ越しちゃったそうなんだけど」

鎌倉とあのオーナー――歌舞伎町の帝王気取りのあの人……やっぱり似合わない。

「あの夜は、都築さんの策だったんだよ。オトヤくんとヒカルくんの誕生日で、お客さんもいつもより来てたから」

「オトヤさんとヒカルさんって、同じ誕生日なんですか……」

「そう。偶然にだけど。ほんとはバラけさせた方がいいんだろうけど、その時、都築さんはそうしなかったんだ」

「いや、それ違います」

オトヤが言う。

「違うの？」

「バラけさせなかったのは、俺がそうしなくていいって言ったからです」

「オトヤくんが？」

「ていうか、あの夜のことは、都築さんじゃなくて、俺が仕組んだことだったんです」

「ええっ⁉」

ぶたぶたとコウの声がハモった。

「……オトヤさん、ぶたぶたさんに初めて会ったのっていつだったんすか？」

「あの夜のちょっと前かなあ。俺がお前を連れてきたみたいに、都築さんが俺をここに連れてきたんだ。荷物運びの手伝いをさせられた」

「じゃ、最初っからぶたぶたさんがホストじゃないって知ってたんじゃないですか！」

「そうなるねー」

オトヤはまったく悪びれない。

「でも、あの夜は確かにホストだったじゃないですか、ぶたぶたさん」

「別にそうなろうと思ったわけじゃないけど……結果的にはそうだったかもしれないね」


事の次第はこういうことだ。

バーテンとして雇われていたぶたぶたが、都築に言われて、のこのことフロアに酒を配りに行ったら、オトヤとヒカルの誕生日に集まったお客どころか、彼女たちが呼び寄せた客までが彼に入れあげ、莫大な売上を記録した、と。

「あのう……それって、ヒカルさんは知らなかったんですよね？」

「そうだな。多分、今も知らない。激怒してたよ、あいつ」

「激怒？」

いつも穏やかなヒカルが怒っているところなど想像もつかなかったが、ナンバーワンになるくらいの人だ。やはりプライドは高いだろう。

「顔をつぶされたと思ったんだよな。けど、俺の画策だって知らないから、恨まれたのはぶたぶたさん一人」

「ひどい……」

「ひどいよな。だから、五年間ここには来られなかったよ」

オトヤがポツリとこぼした。

「だから、僕はそのまま、店を辞めさせてもらったんだよね」

ぶたぶたは言う。ちょっと暗い顔をしていた。

「何でですか？　都築さんも喜んだでしょう？　続けたら、すぐに借金も返せたでしょうに」

コウの言葉に、ぶたぶたは首をぶるぶる振る。

「一晩でローンの頭金が軽く貯まっちゃうなんて仕事は、怖くてできないよ～」

ぶたぶた、意外と小心者？

「それに、そのお金を出しているのは、僕よりも年下の女の子たちなんだよ。そんなの悪いじゃない」

「年上の人もいるでしょ？」

彼がいくつだか知らないけど。ていうか、年齢があるってことに驚くが。

「そりゃあ本当のお金持ちの人もいたけどね、そうじゃない子もいたし。使うっていうか、消えていくみたいじゃない、お金が。どうしてもそういうのが受け入れられなくて」

「割り切ればいいじゃないですか。女の子たちは、ぶたぶたさんに会いたくてお金を払うんだから」

先輩の受け売りを口にする。

「そうも思ったんだけどねえ。けど、会いたいってだけなら、お金なんていらないよ」

コウは、ぶたぶたを潔癖と笑うことができなかった。彼の考えたことは、コウ自身もこの数ヶ月考えていたことだ。ロレックスじゃなくて、鳩サブレーで充分な自分がここ――ホストクラブで働いていていいんだろうか、とずっと思っていた。話術というか、疑似恋愛の相手ができるほどの職業意識というか――ある意味の情熱がないのだ。つまり、がっつきがない。この業界に不可欠なそつのなさも要領の良さも、自分には欠けている。

疲れて肌も髪もボロボロで、それでもなお酒を飲もうとする女を見ていると、早く帰してあげようとしか思えないのだ。たとえ相手が大人で、自分の責任で金を使おうとしていても。

「俺の計画に、都築さんは喜んでたよ。ぶたぶたさんはいくら言っても店に出てくれない。出れば絶対にナンバーワンになるから、表に写真を飾りたいって」

コウの頭の中に、バラの花を持ったぶたぶたの巨大な写真が掲げられた店のエントランスが浮かんで、思わず吹き出しそうになる。

「すぐにローンなんて返せるのにって」

だがオトヤは、別に笑わそうとして言ったわけではなく——続けた言葉は、まるで独り言のようだった。

「だけど、たった一晩で辞めるなんて思ってなかった。ぶたぶたさんだって、金のためならやると思ってたんだ。ていうか、そのはずだって思いこんでた。必要なのは確かだったんだから。

なのに、次の日に逃げるなんて」

ぶたぶたは、突き出た鼻をふんっと鳴らした。

「ヘタレで悪かったね」

「俺は、それでかえって覚悟ができた。俺もあの頃は迷ってたんだ。お前と同じに」

オトヤが突然、コウに話しかけた。

「都築さんに初めてここに連れて来られた時の俺と、さっきまでのお前はそっくりだよ」

自嘲するように、オトヤは笑う。

「それがくやしかったんだよ、俺は。あわてることなんてなかった自分が、あんなにうろたえて。コウ、お前、今くやしいか？」

「いいえ、全然」

ほんとにさっぱりそんなものはなかった。

「オトヤくんは、負けず嫌いだね」

酔っているのか、ぶたぶたの口調はのんびりしていた。怒っている様子もない。

「俺には競争心ないっす」

「僕もないね。見た目からしてこんなに違うんだから、競争自体しても無駄だし」

がつんと殴られたように思えた。オトヤを見やると、彼もそんな顔をしていた。

「俺はそんな人を相手に、五年間勝負をしていたのか……」

「そんなことしてたんすか、オトヤさん」

「俺、あの店に引き抜かれたんじゃないんだよ」

「え？」

「買い取ったんだ。俺、オーナーなんだよ、あの店の」

「えー、そうなの。すごいねえ！」

ぶたぶたが感嘆の声をあげる。コウは、声も出なかった。

「老舗《しにせ》にあぐらかいて、傾いてた店だけどな」

「……それでも……安いわけじゃないでしょう？」

多分、現金で買ったのではないかと。

「まあな。これで並んだ、と思ってここに来たんだけど——毒気を抜かれた気分だよ」

でも——もしかしてだが、オトヤは一人ではここに来られなかったのではないかと思う。果たして、コウが連絡をしなければ——つまり何かのきっかけがなければ、自ら来ることはあっただろうか。

会いたいだけなら、ぶたぶたは手ぶらでも全然かまわないのに。

オトヤは、今、それを初めて知ったのだろう。明るいところで酒を飲むのを見たことがなかったせいか、彼の顔はずいぶん赤いように見えた。

4

何も手伝うことのないまま寝てしまったが、朝は五時に叩き起こされた。Ｂ＆Ｂの真骨頂、朝食の支度を手伝うために。

起こしに来たのは、ぶたぶたの娘二人。鼻と口をふさがれて、死ぬかと思った。殺す気かっ⁉

「オトヤさんは誰が起こしたの？」

いつの間にか空っぽの隣の布団を見てそうたずねると、姉が言う。

「あの人は、一人で起きたよ」

さすが青年実業家だけある。俺は……これからどうしよう。布団に座り込んで、ぼんやりそんなことを思っていると、背中をぽんぽん、と叩かれる。

妹はにっこり笑っていた。昨日はあんまり笑わなかったのに。単におねむだったからかもしれないが。

でもその笑顔に、何となく安心する。少なくとも今朝はダメ出しはなしのようだ。

「お父さんを手伝ってあげて」

……けど、ちょっと命令をされたような気分になった。


朝食時は目が回るほど忙しかった。泊まり客のほとんどが女性で、年代も様々だったが、みんな朝から元気いっぱいで、たっぷりと朝食を摂《と》った。

厨房の手伝いを途中で抜けて、妹を幼稚園へ送るように言われた時はちょっと焦ったが、彼女は終始ご機嫌だった。道中ずーっと一緒に歌を歌わされたのには、参ったが。

幼稚園の先生たちには少しだけ注目されたが、基本的にぶたぶたを知っている人たちなので、多少顔がいい程度ではどうということもないというのを思い知らされる。改めて、彼ってすごい、と思った。オトヤは、コウなど足元にも及ばないくらいプライドが高いだろうから、五年前、さぞかしくやしかったに違いない。

くやしかったから、五年間近寄らなかったのだ。それが原動力だったから。また会ってしまったら、そのくやしさはなくなる、とわかっていたんだろう。頭の悪い自分にだって、それくらいはわかる。

ふとヒカルのことを思い出した。あの夜、激怒した、とオトヤは言っていたが、今の彼にはそんな雰囲気はなかった。ヒカルは結局認めているんだろう。オトヤが必死で拒否していた気持ちを。

『普通で不思議。不思議で普通の人』

その言葉が、それを表している、とコウは思った。

十時過ぎになって、ようやく朝食にありついた。芋と山栗の粥《かゆ》、漁師から直接買い付けたその日の一夜干しや海苔《のり》、湯葉と無農薬野菜の煮付け、自家製のぬか漬け、デザートはもぎたての梨――何の変哲もないものだが、一流旅館も真っ青の味つけと彩《いろど》りだった。

特に粥には驚いた。ただの粥がこんなにおいしいものとは思わず、残っていたのを全部食べてしまって、オトヤにあきれられた。

「忘れてた。実は昨日、都築さんから電話があってね」

チェックアウトで忙しい中、ぶたぶたが顔を出してくれた。

「もうじき退院できそうなんだって」

「ほんとですか！　よかったあ」

それだけでも、みんなの士気は上がるだろう。ヒカルも回復が早く、「松葉杖ついて出るのも、目を引いていいだろ？」と言っていたし――。

相変わらず策はないけれども、とりあえず今は、毎日がんばってみよう。

「ぶたぶたさん、ヒカルさん、会いたがってましたよ」

「ほんとに？」

ぶたぶたは、ヒカルの話をした時、少し悲しそうだったが、今は本当にうれしそうだった。

「お見舞いに行こうかな」

「ぜひ！　その時は、ついていきます」

いつも落ち着いているヒカルも、きっとあわてるだろう。それがちょっと見てみたい。

オトヤのが見られなかったんだから、それくらいは。

「ヒカルに恨まれるぞ、お前……」

オトヤが、コウの考えを読んだかのように言う。

「そうっすかね」

「やっぱお前、バカだな……」

オトヤはため息をつきつつ、楽しそうに笑った。

気まずい時間

1

健康診断は、午前中で終わった。

川柳勇《かわやなぎいさむ》にとって生まれて初めてのバリウムは、イチゴ味だった。胃カメラでないだけ、いいのかもしれない、と思いながら、必死で飲み干した。そのあと、げっぷを我慢しつつ、でかい台に乗せられてぐるぐる回って写真を撮られたが、結果は何も異状なし。あっけない。そう言われると、胃の痛みもなくなるようだった。

しかし異状もないのだし、そのまま会社へ行こうと上司に連絡をしたら、「一日休みとってるんだから今日は休め」と言われた。仕方なく家に帰る。妻と二人だけの昼食なんて久しぶりで、妙に気恥ずかしい。腹も重いし、口にはまだネバつくイチゴ味が残っていた。

「今日、家庭訪問なのよ」

チャーハンを食べる手を止めて、思い出したように妻の小百合《さゆり》が言う。

「え、智樹《ともき》の？」

「それ以外、誰がいるってのよ。こないだ言っといたでしょ？」

あきれたように小百合は言う。智樹は小学四年生。一人息子だ。

「智樹のクラスの先生は、すっごく人気のある人なの」

話すネタが見つかったことを喜ぶように、小百合は続ける。

「ふーん。男？」

「そう」

「人気ねえ――イケメンってこと？」

「いや、イケメンというより、かわいいのよねえ」

ウキウキと話す様《さま》が少し面白くない。

「若いってことか」

「若い？　え、若いのかな？　歳聞いたことないなあ――」

小百合は考え込んでぶつぶつ言っている。

「まあ、別にいいけど。俺、寝るから」

食欲がわかなくて、半分も食べられなかった。もう二度とバリウムなんて飲むもんか、と勇は思う。

目を開けると、外が薄暗くなっていた。

少しずつ日が延びてきているので、明るさだけで時間を判別できない。枕元の時計を見ると、午後四時半だった。

思ったよりも眠ってしまった。これ以上寝ると、多分夜眠れなくなる。まだ眠気が残っていたが、むりやりにでも起きなければ。

「あ、起きたの？」

声のした方に頭を向けると、小百合がドアから顔をのぞかせていた。

「ちょっと智樹、迎えに行ってくる。留守番してて」

「え、家庭訪問は終わったのか？」

「ううん、まだ。うち最後だから、多分五時は過ぎると思う。五時に智樹帰ってくるって言ったのに、なんか今から迎えに来いって言ってて」

「どこにいるんだ？」

「お友だちのうち。すぐに帰ってくるから。先生はまだ来ないと思うけど、来たら通してお茶でも出しといて。すぐだからって、引き止めといてよ」

そう言い残して、小百合は慌《あわ》ただしく出ていった。このままベッドにいると、また寝てしまう。勇は寝室から出て、階下へ降りた。

着替えた方がいいだろうか。スウェット上下の自分を見下ろして、ちょっとだけ考えたが、男の教師なら別にいいか、と思い、そのままにする。

ダイニングテーブルの上には、急須と茶筒と茶碗、そしてお茶菓子容器がトレイに載せて置いてあった。お茶なんて……会社でも久しくいれていない。若い教師の前でまごまごしたくないが、いれたことがないわけではないし、となぜか自分に言い聞かす。

ちょっとお茶を飲みたくなったが、ここで急須を使ったら出がらしを飲ませることになってしまうので我慢して、そのかわり牛乳を飲む。バリウムを飲んだことをすっかり忘れて。飲んでから気がついた。舌触りを思い出し、えずいてしまう。あわてて冷蔵庫に牛乳をしまうと同時に、玄関のチャイムが鳴った。

えっ、まさか先生⁉ まだ五時にもなっていないのに。

インタホンのモニターを見ると、そこには誰もいなかった。だが、

「すみません、川柳さんのお宅ですか？」

声は聞こえる。中年の男らしき声。自分よりも年上だろうか。

「はい、そうですけど」

姿を隠してインタホンに話しかけるなんて怪しい、と思ったが、表札は出ているし、否定をしてもしょうがない。

「お父さんですか？」

お父さんって——姿も見えない人間の父親になった憶えはないのだが。

「わたくし、山崎と申します。智樹くんの担任をしております」

えっ。こんな怪しい行動をする奴が担任なのか⁉　しかも声、若くない……。かわいい顔のジャニーズ系を想像していたのだが。何だか気の毒になってしまった。

「あ、ちょっと待ってください」

イケメンだとしても、その声は致命的だろう。待てよ。もしかして、すっごく背が低いのかもしれない。少しいい気分になって、勇は玄関のドアを開けた。

「こんにちは」

山崎先生は、ぺこりと頭を下げた。

確かに彼は背が低かった。インタホンに映らないのも無理はない。だって彼は、ぶたのぬいぐるみだったから。イチゴ味のバリウム色の。

はっと気がつくと、ソファーに寝ていた。

あー、何だ夢かあ……。そりゃそうだよな。あんなの現実にはありえない。ベッドに寝ていたというのも夢で、きっとソファーで寝転んでいるうちに眠ってしまったのだ。

「おーい、ママ」

小百合を呼ぶが、返事がない。出かけたというのは本当か？　ということは、智樹もいないのか？

「智樹？」

やはり返事はない。どうするんだ、家庭訪問だっていうのに——そう思いながら立ち上がった瞬間、

「わああっ！」

自分の情けない悲鳴に、あわてて口をふさぐ。さっ、さっきのぬいぐるみが！　なぜうちの居間に⁉　しかも立ってる！　自立してる！

背筋が寒くなる、というのはこういうことなのか。生まれて初めて知った。しかも、未《み》

曾有《ぞう》の危機だ。「未曾有」なんて言葉を日常生活で使うことになるとはっ。

「あ、お目覚めですか？」

その声に、思わずあたりを見回してしまう。きっと他に誰かいるはず。いないと困る。いないなんて言わせない。

「びっくりしましたよー、いきなり倒れられて」

言っている内容を信じたくない気分だ。しかも、どう見てもそのぬいぐるみがしゃべってる。口でというより鼻で、だが。アニメみたいにもくもく動いていた。床に踏んばる足の先には、濃いピンク色の布が張られていて、どこからも手は出ていないし、上から吊る糸も見えない。ぽんぽこりんなお腹に大きな耳、黒ビーズの点目。蹴飛《けと》ばすのに最適な大きさをしている立派なぬいぐるみだ。

「ここまで運ぶの大変でした」

「運んだんですか⁉」

ていねいな言葉につられて、なぜか敬語になってしまった。ちょっと失敗。いや違う！しゃべるつもりなんてなかったのだ。大失敗だ。今度は負けない。

「けどまあ、何とかなりました」

その何とかって何なんだ、と訊こうとして、しゃべらないと一秒前に決めたことを早くも後悔した。

「すみません、奥さんにご連絡しようとしたんですけど、電波が届かなくて」

電波。頭のてっぺんからアンテナが出て、何か通信している絵が浮かぶ。すげ、ロボットか？

「智樹くんはケータイ持ってますか？」

ケータイ。ああ、携帯電話のことね。何で？　と疑問に思ったまま、うなずく。

「智樹くんは、今お母さんと一緒ですか？」

またうなずく。

「そうですか。じゃあ、智樹くんのケータイに――あの……倒れられたこと、奥さんにお伝えした方がいいですよね？」

「とんでもない！」

考えるよりも先に声が出ていた。そんな、かっこ悪いじゃないか、ぬいぐるみを見て倒れたなんて！　しかももう一つ気づいたけど、電波ってケータイの!?　そういえば、さっきからぬいぐるみの右手には携帯しているとは思えないような大きさの電話がくっついていた。

「救急車を呼んだ方がよかったですかね？」

「いえいえっ、そんなおかまいなくっ」

混乱のあまり、変なことを口走る。

「でも、何かのご病気では――」

「違います！　これは、あ、あの――」

その時、タイミングがいいのか悪いのか、勇の腹が盛大に鳴った。緊張感も何もない豪快な音に、泣きたくなる。元々そんなにかっこいいわけでもないけど、これじゃあまりにもヘタレすぎる……。

「……お腹空いていらっしゃる？」

空気を読めない奴も腹立たしいが、察しのいい人も時として困る。人じゃないけど。

いや、別に空腹で倒れたわけじゃないのだ。確かに腹ぺこではあるけれど、いくら何でも倒れるほどじゃない。けど、ショックで倒れたなんて言えるか!?　かっこ悪い上に本人前にして……悪いじゃないか！

なので、うなずくしかなかった。

で、なぜこんなことになっているのか——。

2

今、勇は食卓の椅子に座って、身体を縮こまらせている。ぬいぐるみは、台所に立って料理をしていた。

実際は立っても全然高さが足りないので、脚立《きゃたつ》に乗って、だが。きゅっと結ばれたしっぽと、右側がそっくり返った耳が、動くたびに左右に揺れる。

「そうですか、朝からほとんど食べていないんですね？」

手をお留守にしないまま、ぬいぐるみは話し続ける。

「はあ」

「胃の検査って、わたしは経験ないんですが、バリウムってまずいんでしょう？」

胃の検査どころか、病院に行くことがあるのだろうか、このぬいぐるみ。

「まずいですね」

「けど、友だちにそれが好きって人がいるんですよねえ」

「ええっ！」

今の叫びは、バリウムが好きな人に対してなのか、友だちは人かぬいぐるみかという疑問か——どっちだかもう自分でもよくわからない。

「ちょっと悪食《あくじき》なんですよ、その人。味がわからないわけじゃないんですけどね。探究心が激しすぎるっていうか」

「そうなんですかー」

普通に会話できているのが、我ながら信じられない。

「ところで」

脚立の上で振り返ったぬいぐるみは、山崎ぶたぶたとさっき名乗っていた。

「冷蔵庫の中のものを勝手に使ってもよかったんでしょうかね？」

「ああ、それは気にしないでください」

そんな程度のこと、今のこの状況と比べて何だと言うのだ。

ただ気になるのは、今ここにいる「山崎先生」が、本当に智樹の担任なのか、ということだ。確かに担任の名字は「山崎」だと以前から聞いていた。だが下の名前が「ぶたぶた」とは知らなかった。小百合は「かわいい」と言っていた。確かにかわいい。男性だという

のもわかっていた。だが、ぬいぐるみに性別ってあるのか⁉

まあ、声はどう聞いてもおっさんなのだが。

でも、もし担任の教師でないとしても、危険はまったくなさそうだし、妻がいなくては家庭訪問も何もない。彼女と自分では、家での智樹のことを知っている割合が圧倒的に違うし。

とにかく、早く小百合が帰ってきてくれることを祈るしかなさそうだ。

「どうぞ」

目の前に、どんぶりが差し出された。おいしそうな匂いだ。

「胃が悪いわけではないのでしょうが、念のためにうどんを。そのかわりつゆをちょっとボリュームのあるものにしました」

まるで料理番組のような解説。どんぶりの中には濃いめの色のつゆと肉としめじと長ネギ。うどんはこの間もらったと小百合が言っていた稲庭うどんのようだ。

「武蔵野うどん風です」

その「武蔵野うどん」というのが何だかわからなかったが、また腹が鳴り出したので、さっそく箸をとった。

一口すすって、

「うう、うまい……」

思わずうめいてしまった。料理に関してはまったくの門外漢だが、あまり食べたことのないうどんだ。家で食べるうどんやそうめんは、つゆにつけるか、鍋の締めに入れるくらいで、こんなふうに食べることはめったになかった。

あっという間にたいらげ、つゆまで飲んでしまう。濃いかと思ったが、そうでもなかった。ちょっと鴨南蛮みたいだが、肉は豚肉——。

うっ。どう解釈したらいいものか。ぶたのぬいぐるみが豚肉を使った料理を作る、というのは。

ああ、何だか頭がくらくらしてくる。知恵熱か？　また気絶してしまうのは恥ずかしいので、そこで考えを打ち切った。

「ごちそうさまでした。おいしかったです」

何と模範的なお礼だろうか。

「そりゃよかった。適当に作ったので、不安だったんですが」

「適当、ですか？」

あれで？

「そうですよ。材料を炒めて、水とだしとうどん入れて味つけしただけですから」

乾麺をそのまま入れちゃいましたしー、とぶたぶたは笑った。笑ったのがわかった。

「簡単なんですね……」

「きのこをたくさん入れて煮込むと、もっとおいしくなるんですけどね」

腹がふくれて人心地つくと、今度はちょっとぼうっとしてきた。はっ。まさか毒でも入れられたのか？　危険はないだなんて、とんだ勘違いだったのかも——!?

そんなこと考えちゃ、悪いじゃないか。

気づくと、そう思っていた。せっかくうどん作ってもらったのに——しかも、こっちは嘘をついて。

だいたい、うどんに毒を入れる目的って何なんだ。殺される理由なんかないぞ。それを追及していくと、ドロドロな理由であっても最終的にはファンタジーな領域に入るしかなくなりそうで、怖い。ぞくぞくしてきた。

あー、ほんとにもう、めんどくさいから考えないことにしよう。うどんおいしかったし。

とにかく、もう倒れたくないのだ。

「いやあ、どうもありがとうございました。ほんとに助かりましたよ」

と、すっかりお開きモードになっていた勇だったが、そういうわけにはいかなかった。

「では、お母さんと智樹くんがお帰りになるまで、お父さんのお話を――」

……そうだった。このぬいぐるみは、家庭訪問に来たのだった。俺のためにうどんを作りに来たわけではないのだ。

「あ、そうでしたね……」

「ご存知でしたよね？」

不安そうな顔で見られて、焦る。

「知ってましたよ。ちゃんと妻から言われてました。あっ」

お茶をいれなくては！　勇はあわてて立ち上がり、手つかずのお茶セットに手をのばす。

「あ、おかまいなく」

「いえいえ、そんな……！」

こっちはうどんまで食べさせてもらったんだからっ。

電気ポットは沸いているはずだし、お茶っ葉を急須に入れて、お湯を注げばいいはず。

ところが。

「あ、あれ？　お湯が出ない……」

ポットのてっぺんを押しても、一向に湯が出てこないのだ。

テーブルの向こう側には、ぶたぶたがちんまりと座って（クッションの上に、だが）、お茶が出てくるのを待っている。その点目の表情は読めなかった。余計に焦る。何かとんでもないことを考えているのではないかと。

「あの……」

ポットと格闘するうち、ぶたぶたがおそるおそる声をかけてきた。

「ロックが——はずれていないのでは」

「あ！」

そうか、ロックが。って、どこ⁉

「ここです」

ぶたぶたが指さした（？）先をいじってロックをはずし、てっぺんのボタンを押すと、ものすごい勢いでお湯が出始めた。

「うわっ、あちちっ」

急須のふたがずれてしまい、そこら辺がお湯びたしになる。おろおろしているうちに、ぶたぶたが台ふきを持ち出して、きれいに拭いてくれた。彼にも湯が飛んだはずだが、熱くないらしい。

「何でこんなに勢いがあるんだ⁉」

くやしまぎれに叫ぶと、

「電気で出す奴だと、こんなふうになること、ありますよね」

穏《おだ》やかに返されて、ちょっと自己嫌悪。いかに自分が普段、ポットにすら触っていないかバレてしまったようだ。

「お茶、いれますね」

「はあ……」

結局、ぶたぶたにお茶もいれてもらい、改めて二人で向かい合う。

「あ、先生、お菓子もぜひ」

せっかく用意をしたのだから（小百合がだけど）、せめてすすめないと。しかし「先生」って。自然に出てきた言葉に、我ながら唖然《あぜん》とする。こんな、この上なく不自然な状況なのに。

「で、智樹くんのことですが」

ぶたぶたはそう言いながら、特に遠慮もなく（自分で茶までいれたのだし）せんべいを取り、袋の中で真っ二つに割る。食べるのか——せんべいを。

「家ではよくお話ししますか？」

「はあ、割と……」

ゲームの話とかなら。

ぶたぶたは、袋を開けて、片方のせんべいを取り出す。食べるつもりだ。食べないなら、どうするんだ？

「智樹くんの好きな教科ってご存知ですか？」

え……何だっけ？　算数？　体育？　理科だったっけ？

図工……じゃないかな。あいつは絵を描くのが好きで、手先もけっこう器用だと思ったが。

そう答えようとした時には、せんべいの半分はもうなくなっていた。どこに消えた⁉　食べた——んだよな？　けど、音もしなかった——と思う。考えていたから、聞こえなかったのか？　それとも、音も立てずに食べたのか？

ぶたぶたは、何事もなかったように、お茶をすすった。だいたい、お茶を飲むっていうのもおかしいじゃないか。さっき気づかなかったのが迂闊《うかつ》だった。ちゃんと見ていない。今みたいに。

何てこった。テーブルの上に置いたままになっているびしょ濡れの台ふきと彼を見比べる。

「――わかりませんか？」

ぶたぶたの声の温度が少し下がったように聞こえた。心なしか眉間、いや目間にしわも寄っているような。

怒ってる。怒ってるよ、この人。いや、怒っているってほどではないのかもしれない。しかし、気分は害したようだ。当然だろう。子供の得意科目も即座に答えられないような父親なんて――自分が彼の立場でも、そりゃまずいだろ、と思う。

「いえ、わかります……」

何だか声が小さくなってしまった。こんなに小さいのに、やっぱり先生だなあ、と思う。

「図工ですよね」

「そうですね。では、その他は？」

え、他に得意なのってあるの？

と思ったのが丸わかりだったのか、またまた彼の目間にしわが刻まれる。

ええと……確か通知票の成績がよかったのは――。

「……理科？」

去年よりも上がっていたはず。

「正解ですけど――」

語尾を濁す気持ちが痛いほどわかった。疑問形がいけなかったんだよな。どう見ても探り探りの答えだ。当たったからって点数は稼げない。当てずっぽうにしか思えないはず。

何だかさっきから墓穴を掘りまくっているような気がする。この雰囲気……すごく、すごく気まずい。

「あの、学校で何か問題とか、そういうのは……？」

沈黙に耐えられず、自分から話を振ってみる。

「わたしが知る限り、特に問題はありません。友だちも多いですし。あ、お父さんは智樹くんのお友だちをどのくらい把握していますか？」

今度は友だちか。正直、今のクラスの友だちはよくわからない。幼稚園の頃の友だちは家族ぐるみのつきあいだったのでわかるのだが――。

ソう、どう答えれば角が立たないのか。

「伊沢隆治《いざわりゅうじ》くんなら知ってます」

「伊沢くんは親友だそうですね」

ぶたぶたは、うんうんとうなずく。お気に召したようだ。

「今年も同じクラスになれて、喜んでたみたいですし」

「あ、同じクラスなんですか」

ピキッと空気が緊張したように感じた。「友だち知ってんのはいいけど、クラス同じなの知らないのかよ」と無言で言われたように思えて仕方がない。何、この初歩的なミス。仕事ではこんな失敗、絶対にしないのに。

変な汗が出てきた。決して説教臭いことは言わないし、見た目だけならまったく怒っているとは思えないのだが、オーラが——そんなの今まで一度も信じたことはないが、まさにそう言うしかないものが……怖い。目間のしわがわずかに深くなり、鼻が少し前に突き出たように見える。

「そうなんですよ」

怖い。怖いよ、その笑顔っ。笑顔ってわかるのも怖いけど、点目、笑ってないし。思わ

ず下を向いてしまうが、

「体調、やっぱり悪いんですか？」

そう問われて、すぐに顔を上げてしまう。

「え……？」

彼は、ちょっと心配そうな顔をしていた。

「汗ばんでらっしゃるので」

「いえっ、これは……体調のせいではなくて。ええと、汗っかきなんです。冬でもこんな感じで、恥ずかしいんですが――……」

どうしても倒れた理由を正直に言うことはできそうになかった。自分にだってプライドがある。

「窓を開けますか？」

「そんなっ、大丈夫です……」

ああ、早く妻子が帰ってこないものか。

「遅いですね。ちょっと連絡してみます」

そこに座ったまま、というのはいたたまれなくて、廊下に出て家の電話から小百合にかける。

しかし、電波は届かない。まさか電源を切っているんじゃなかろうな。

智樹にも電話をかける。学校へは持っていかないが、塾や友だちの家に行く時は持たせているのだ。普段は小百合が厳重に管理している。らしい。

ああ、俺ってだいたいがこんなふうに伝聞でしか智樹のことを知らない。ゲームの話だって、世間話と変わらないじゃないか。自分にゲームをする時間がないんだから、具体的なことなんて話せないし。

「もしもし」

こっちも出ないかと思ったが、何とあっさりと出て、ちょっと絶句する。

「……パパ？」

「ああ、うん……。先生、来てるんだけど」

「あ、もう来たんだ」

ずいぶんとのんきな答えだった。お前の家庭訪問なのに。

「今どこにいるんだよ」

「今？　今ねえ……ママも一緒だよ」

「ママいるのか？　代わってくれ」

「ちょっと待って」

ごそごそと音がして、小百合が出た。

「あ、パパ。もうすぐ帰るから」

「帰るってどのくらいかかる？」

「ええと、そうねえ……」

その後、突然ぶちぶち音がしたかと思うと——電話が切れた。

「おいっ」

呼びかけても、受話器はツーツー言うばかりだ。もう一度かけると、今度はつながらない。小百合のケータイも同様だった。

いったい何があったんだろうか。二人で地下にいるのかな。どうして？　あののんきな口調から、危ない印象はなかったけれども。

もうすぐ帰ると言うのなら、待つしかないだろう。

待つ。あの先生と二人で。

これは罰か？　普段、子供にかまわないことへの戒《いまし》めか？　この気まずさは、そうとしか思えないのだが。

居間に戻ると、ぶたぶたはすでにせんべいを一袋食べ終えていた。しまった、見逃した。ちっ、とか舌打ちしそうになって、あわててこらえる。

「すみません、もうすぐ帰ってくるそうです……」

「そうですか……。じゃあ、もう少しお待ちします。ご迷惑でなければ。後日ということになれば、そちらもいろいろと不都合でしょうし」

「そうですね……」

「実は、お母さんとはよくお話しさせてもらっているんです。パート先のパン屋さんが、うちの近くなので」

「あ、そうなんですか」

パート先というか、そこは伊沢家がやっているパン屋なのだが。

「学校帰りに智樹くんも寄っているようですし、お母さんと智樹くんの関係が良好なのはよくわかっています」

ちくりと胸が痛んできたぞ。

「ですので、今回の家庭訪問は、本当にお宅を訪問してそれで終わりという感じだったんですが——まさかお父さんにお会いできるとは」

「僕も、今日が家庭訪問とは知りませ——」

またまた失言をしてしまって、あわてて言葉をのみ込む。小百合にも突っ込まれたじゃないか。ちゃんと言われていたらしいが、頭から抜け落ちていたようだ。

ぶたぶたのまとったオーラが、音を立てて変わったように思えて、顔が上げられない。マンガだったらきっと「ズモモモモ」みたいな擬音が使われているはず。

……自分でも何を考えているのか、よくわからない。

「まあ、偶然とはいえ、お会いできたのはうれしいです」

気を取り直して、というふうにぶたぶたは言った。顔を上げて見ると、点目に捉えられて、視線をはずせない。

怒ってはいないように見えた。

「お仕事、お忙しいんですよね？」

「は？　ああ、まあ……そうですね」

胃の調子をちょっと悪くする程度には。でも、何も異状はなかったが。

「智樹くん、いつも心配してますよ」

異様に優しい声に、ちょっと鳥肌が立った。それは妙な予感があったから。

「さっき倒れたこと、本当に大丈夫なんですか？」

やっぱり誤解されてる……。

ああ、どうして倒れたりしたんだろう。根性ないのか、元々やわなのか。お化け屋敷も怖いと思ったことないのに。

「いや、ほんとに大丈夫ですよ！　今日の検査も異状ありませんでしたし」

真面目にそうなんだから、信じてほしい。

しかし彼の顔から心配そうな表情は消えなかった。何だか、だんだんこっちも不安になってきた。

だいたい、気を失うこと自体、経験がなかった。いや、中学の体育の授業中、バスケットボールの試合をしていて、真っ正面からぶつかりあい、お互いに脳震盪《のうしんとう》でちょっとだけ意識を失ったことがあった。それ以降はない。貧血も起こしたことがない。眠気に負けることはあっても、意識がなくなるまではなかった。

なのに、今日倒れた。

俺、やっぱ病気なのか？

生きたぬいぐるみを見たショックで倒れた、と思っていたが、本当にそうなんだろうか。そんな恥ずかしい理由で倒れたんじゃないのかな？

もしかしたら、本人をすっ飛ばして小百合が病院に呼ばれて、重大な病気を告知されているのかもしれない。昔と違って、今は本人に言うものだとは思うが、もしかしてもう末期で、手の施《ほどこ》しようがないのかも。

いやな汗をまたかいてきた。まさか、また倒れるなんて――。

その時、玄関が開く音が聞こえた。

「ただいまー」

妻と息子ののんきな声が響く。パタパタと走る音が聞こえて、

「ぶたぶた先生！」

智樹が居間に飛び込んできた。

「すみません、遅くなって」

小百合はいつものようにのほほんとした様子だったが、それって演技じゃないだろうな？

「いえ、こちらこそ早めに来てすみません」

「あなた、ちゃんとお茶出してくれた？　あ、大丈夫だったみたいね」

満足そうにうなずく。彼女がぶたぶたを前にしてあまりにもいつもどおりなので、勇には今までと全然違うものを見ている気分だった。

3

その後、ぶたぶたは先生としての役割を果たし、小百合と智樹と和《なご》やかに面談をして、帰っていった。

何だかあっけない。あの気まずさからじわじわとした不安に変わっていった時間は何だったのだろう。

それに、あれから何だか小百合と智樹がこちらを妙にうかがっているような素振《そぶ》りを見せる。「何だ？」と訊けば「何でもない」と答えるような、含みがあること丸出しな感じの。

勇はますます不安になった。会社にもいつものとおり行っているが、「ぼんやりしている」と言われたりする。これは果たして、単に考え込んでいるせいなのか、何かの兆候が出たのか——さっぱりわからない。

念のため、と言い聞かせて、別の病院で精密検査を受けてみた。

「原因不明の昏倒をしたもので」

と言って、とにかく全身、くまなく調べてもらった。関係なさそうなところまで、無理を言って全部。

結果は——異状なし。

「どこも悪くないですよ。感心なほどの健康体ですね」

タバコは吸わないが酒は飲むので、肝臓くらいは悪いのではないか、と思ったが、そんなことにも触れず——医師の言葉は、実に簡単というか、素っ気なく思えるほどだった。視力なんて、むしろ良くなっているくらいだった。学生の頃にはあった乱視がなくなっていたのだ。

「じゃあ、いったいどうして倒れたりしたんでしょうか？」

勇の言葉に医師は首を傾げる。

「どういう状況で倒れたのか、ちゃんと説明していただければ、わかると思うんですが。

何か引き金になるものはあったんでしょう？」

　これではもう説明をしないわけにはいかないらしい。でも……どう言えば？

「あのですね……すごくショッキングなものを見たんです」

　しばらく考えた末、勇は話し出した。

「ショッキングね。それは『怖かった』ということですか？」

　怖い？　確かに別の意味では「怖かった」が、最初に見た時にはそんなこと思うヒマもなかったし、多分感じていない。

「そうではないです。怖くはありませんでした」

「じゃあ、『びっくりした』ということでしょうかね？」

「そう……ですね」

　いつ具体的に訊かれるか、ということにビクビクしていたが、医師はそれ以上何も問わない。

「あの、何にびっくりしたとか、訊かないんですか？」

「いや、言いたくなければ別にいいですけど。それを言わないと、原因究明に決定的な支障を来《きた》すっていうのでないなら」

そう言われてよく考えると、そんなわけはないのだ。ぶたぶたが点目ビームでも出していればそうなるだろうが——いや、もちろんそういうことだってなきにしもあらずだが——でも、彼は息子の担任の先生なのだ。智樹も慕《した》っているし、妻が「かわいい」と言った理由も身に染《し》みてわかる。伊沢家のパン屋にもよく来ているらしく、とてもいいお客さんらしい。そんな人が、自分にだけビームで攻撃とは……とても考えられない。

「そういうことはないです」

「そうですか。ならけっこうですよ。こちらが知りたいのは、あなたがどういう状況であったかであるわけですからね」

それを聞いて、ちょっとホッとする。正直に言うとなると、それはそれでまたややこしい状況になりそうだったから。

「たとえば、わたしはカエルが大嫌いなんですけど、気絶するほどではありません」

医師が話を続ける。

「でも、カエルを見て気絶する人だって、当然いるわけです。それは個人の問題ですし、他の人が気絶しないからその人がおかしいってことじゃありませんよ。あなたは何かを見て気絶して、それがおかしいと思っているようですけど」

ずばり言い当てられて、顔がひきつる。

「これだけ検査して何も出なかったんだから、他の可能性はかなり低い。あなたはおそらく、一過性のショックで気絶をしたんです」

……やっぱりそうか。巡り巡って、自分の恥ずかしさを確認したにすぎなかった、ということだ。


病院からの帰り道、何だか気の抜けたような状態になって、勇は電車に乗っていた。あれから何日たった？　一ヶ月くらいか。ずいぶん日も延びた。と思ったが、時計を見るとまだ午後も早い時間だった。

会社には休むと言ってあるので、このまま帰ることにする。一ヶ月前なら、多分会社に戻っていただろう。あの時、上司に連絡などせず、まっすぐ会社に行けばよかったのかもしれない。だったら気絶もしなかったのに。

でも、なぜだろう、もうどこも悪くないはずなのに、会社に行く気が湧かない。どうせ明日には行くんだし、という気分だ。

そういえば、この一ヶ月、小百合とも智樹とともまともにしゃべっていなかった。普通の精神状態ではなかったからなあ。

俺はやっぱりダメな親父なんだろうか。

あの時の気まずさを思い出して、ため息をついた。そっちを忘れたいがため、その時生まれた不安にすがりついたのかもしれない。また会った時、倒れない自信もなかった。

「川柳さん」

とはいえ、いくらでも避けられる。そう思っていたのも確かだった。だから、駅前で背後から呼ばれた時、何も考えずに振り返ってしまったのだ。

「お久しぶりです」

そこにはぶたぶたが立っていた。ヤバイ、と思った時には遅かった。

でも、特に何も起きない。くらくらめまいがしたり、足から力が抜けるかと思ったが、どうにもならない。

「あ……」

声はちょっと出にくかったが、咳払いをすると、少し落ち着いた。

「お、お久しぶりです……」

何とか挨拶《あいさつ》もできた。とことことぶたぶたが近づいてくる。駅前の雑踏の中、彼に目を丸くする人もいれば、まったく無視する人もいる。でも多分……倒れるのは、俺だけじゃないはず。倒れたって、別におかしくなんてない。

だって、あの時は本当にびっくりしたんだから。今はもう、二度目だから、そんなに驚いていない。だから、自分は倒れない。

「家庭訪問の時はお世話になりました」

ぶたぶたは礼儀正しくぺこりと頭を下げる。

「いえいえ、こちらこそっ」

ごくごく普通の中年男同士の会話が繰り広げられる。

「もうお帰りですか？」

授業は終わっている時間だろうし。

「いえいえ、まだ仕事ですよ」

「え、家庭訪問ですか？」

「それはもう終わりました。今日は校外学習に協力していただくため、商店街のお店を回っているんです」

「あ、そうなんですか……」

先生も大変だ。家庭訪問をしたり、こうやって外回りをしたり――この人こそ、ちゃんと休んでいるんだろうか。

「あの、あれからお身体の方は大丈夫ですか？」

「え？」

「ちょっと心配してたんです。智樹くんも何だか元気がなかったし」

そうか……そうかもしれない。勇は妻と息子を避けていたのだ。だって、話をするとなると、どうしてもぶたぶたのことを話さなくてはならなくなる。でも、ついさっきまで、彼とのあの気まずい時間は忘れたいことだった。だから、会話を全部避けるしかなかったのだ。

「大丈夫です。あの……実は、あれから精密検査をしまして、何も異状がなかったことがわかったんです」

「えっ、まさかあの時、どこか打ったりしたんですか？」

「……打ったんですか、僕」

「いいえ、へなへなってなって、壁によりかかってずるずると倒れました」

うわ、かっこ悪い。見られたのがこの人だけでよかった。

「見た限りでは、どこも打ってはいなかったんですが」

「あの時は……先生を見て、びっくりして……そのショックで倒れたんですよ、実は」

黙っていてもいいような気がしたが、これ以上心配されても悪い気がして、ついに言ってしまった。これも相当失礼なことなのだが、どっちにしろ失礼なら、言うしかない、と思ったのだ。

「ああ、やっぱりそうだったんですか」

「えっ!?」

一瞬、また倒れるかと思った。

「そんなに珍しくないんです、倒れる人」

「そうなんですか……」

それはそれで、ショッキングなことではあるが。

「でも、川柳さん否定なさったので——まあ、追及はしないでおこうと。それより、働き過ぎだと智樹くんが言っていたことの方が気になってましたし。お節介《せっかい》を言って、すみませんでした」

「いや、こっちこそいろいろお世話になってすみませんでした。うどんまで作っていただいたのに、ろくにお礼も言わないで。ありがとうございました」

ようやくちゃんとお礼を言った気分だった。ごまかしていたことも訂正できたし。少しすっきりした。

ぶたぶたとは、智樹とちゃんと話すことを約束して、別れた。彼が行った方とは逆方向に勇は歩き出す。今日は塾がないので、多分智樹は伊沢家にいるはずだ。

〝いざわベーカリー〟の中をのぞくと、小百合が接客をしていたが、勇に気づくと、店から飛び出してきた。

「どうしたの、珍しい！」

そんな叫ぶほどのことか——そうだろうな。

「これから家に帰るつもりなんだけど、智樹も連れてこうか」

「うん、連れてって。裏にいるから」

伊沢夫妻にも会釈をして、裏の家へ行くと、智樹は小百合とそっくりの顔をして、玄関のドアを開けた。親友の隆治とその兄も、物珍しそうに迎えてくれた。

俺は珍獣かっ。俺が珍獣だったら、あの人はどうなんだ？

「先に帰ってよう、智樹」

そう言うと、息子はうれしそうにうなずいた。

まだまだ明るい商店街の中を歩きながら、勇は智樹に言う。

「さっき、ぶたぶた先生に偶然会ったんだ」

智樹は驚いたようだった。

「お前が最近、元気ないって言ってた」

「元気ないっていうか……僕、ずっと待ってたんだよ」

告白をするように、智樹が言う。

「何を？」

「パパがぶたぶた先生の話をするのを」

やっぱりそうか。そりゃそうだよな。話題に出さない方がずっと不自然だったのだ。

「でも、パパ何も言わないし……怒ってるのかなって」

「何で？」

どうして智樹を怒ることになるんだ？

「言ったらきっと怒る……」

「怒らないから、言ってごらん」

智樹はしばらくもじもじしていたが、やがて意を決したように口を開いた。

「あの日、なかなか帰らなかったのって、パパと先生を会わせようと思って、僕がママを引き止めてたんだよ」

息子の告白に驚きはしたが、約束どおり怒るようなことにはならなかった。

「そうだったんだ……」

「健康診断で、もしかしたらお昼頃帰るかもってママが言ってたから。家に電話した時にパパがいるって聞いたら、ママに迎えに来てもらって、先生と二人きりにしようって考えたんだ」

「ママも知ってたのか？」

智樹は首を振る。

「迎えに来てもらった時に言ったら、すっごい乗り気だったけど」

小百合らしい……。

「どうして会わせようと思ったんだ？」

おどかそうと思ったのかな。パパ、びっくりして倒れちゃったよ、と言いそうになったが、あまりにもかっこ悪いので、やめておく。

「だって、パパと先生の話、したかったからさ」

むくれたように、智樹は言った。勇は、思わず立ち止まる。

「……パパ？」

「あ、うん。そうか。そうだったんだ」

「ママは知ってるし、隆治のパパママもパン屋さんに来るから知ってるし――パパだけ知らないなあ、と思って」

「そうか……」

勇は、それ以上言葉が継げなかった。どう返事をしたらいいのかわからなかったので、とりあえず、

「ありがとう……」

と言ってみた。

「え、何で？」

そう言われてちょっと焦り、

「パパ、先生と友だちになれるかもしれないから」

頭に浮かんだことをそのまま言ってみたら、そのとおりになりそうに思えた。

「じゃあ今度、参観日に来てよ」

何が「じゃあ」とつながるのかわからなかったが、勇は何だか笑いたくなった。

「うん、行くよ」

それできっと、ぶたぶたとの約束を果たしたことになるだろう。喜ぶ息子の頭をくしゃくしゃにしながら、勇は思った。

ふたりの夜

1

誰も来ない。

どういうこと!?　どうして誰も来ないの!?

あたしは、イライラと部屋の中を歩き回った。明日の朝〆切なのに！　どうしてアシスタントの誰にも連絡が取れないの!?

「全員クビにしてやる！」

携帯電話をソファーに投げつけ、そう叫んだ。本当は床にぶつけようと思ったのだが、壊れたら困るし、下の住人の文句も怖くて、かろうじて耐えたのだ。

だが、ソファーに転がったケータイはすぐに拾われる。急いで番号を呼び出した。

「もしもし！　磯村《いそむら》さん!?　明日の〆切なんだけど、延ばせない!?」

担当編集の磯村さんは、少しだけ沈黙したが、

「何言ってんですか」

発せられた言葉は、冷静というより、冷たさすら感じられる口調だった。

「はああっ⁉　何言ってんのって言いたいのはこっちよ！　どうしてアシが誰も来ないの⁉」

彼の口調に、思わず語気を強める。

「あなた、何か知ってるでしょう？」

「何のことですか？」

「しらばっくれてます」とバレバレの言い方に、またむかっ腹が立つ。

「困るのはそっちなんじゃないの？」

「そんなことありませんよ」

あざけるような声に、ショックを受けた。こんなふうに言われるようなこと、あたしした⁉

「まるであたしが〆切を守るみたいな言い方よね？」

「守らないんですか？」

「守るわよっ」

ヤケになって叫ぶ。

「だから、アシがどうして来ないのかって訊《き》いてんのよ！」

「それを僕に訊かれても――」

「あなた担当でしょう!?　来ない奴はもういいわよ！　今すぐ新しいアシを調達しなさい！　三十分後よ、三十分できっちり、ちゃんと仕事できる奴を連れてきなさい!!」

怒鳴りまくり、肩で息をしながら、電話を切った。

「もう知らない！」

気づかぬうちに涙が出ていた。身体の震えが止まらない。渦巻く感情がキャパシティを超えたのはわかっている。身体がいち早く反応して、泣き始めたのだ。

何でこんなことになったんだろう。止めようとしても止まらない涙を袖で拭い、ティッシュを引き寄せながら、何度もそう思う。

こんな姿、田舎の友人たちが見たら、あっけにとられるだろう。高校までのあたしは、おとなしくて、まともに人の目を見て話せないほど引っ込み思案な子だった。学校ではいつも友だちの後ろに隠れ、家では一人、日頃の鬱屈《うっくつ》をひたすらマンガにぶつけていた〝服部亜由美《はっとりあゆみ》〟という目立たない女子高生でしかなかった。

大学受験に失敗して、自宅で浪人生活をしていた頃も、勉強しないでマンガばかりを描いていた。逃避をしていたのだ。いやな自分から逃れるために。

仕上げたマンガをこっそり投稿した。親にバレたら怒られる。次で受からなければ、進学はできない。だったらいっそ、マンガ家になりたい——と、自分なりの切羽詰《せっぱつ》まった気持ちで応募したものが編集者の目に留まり、雑誌に載ったところ評判もよく、そのまま連載になった。少女マンガ家〝羽島《はじま》あゆ〟の誕生だ。

最初のうちは自宅で仕事をしていたが、受験するかどうかで親とケンカになって、そのまま家出のように東京へ転居した。初めてのコミックスが大ヒットして、分不相応な印税が転がりこんだ頃だ。生まれて初めて借りたマンションは、実家よりも広かった。

田舎には、以来帰っていない。一人暮らしが思いのほか淋しくて、両親とはすぐに仲直りしたが、友人たちとは音信不通だ。あの頃の自分と決別したかった。マンガを描いているだけで「オタク」とバカにした同級生たちにも会いたくない。本当に励ましてくれて、いつも自分をかばってくれた友人たちには会いたかったが、あまりにも変わり過ぎた自分自身が、彼女たちとどんなことを話したらいいのかわからなくなっていた。マンガ家の人とは緊張が先立ち、友だちというより知り合い止まりになってしまう。

結局つきあうのは、編集者や人の紹介で知り合ったアシスタントたちばかりになった。編集者は年上ばかり、アシスタントたちは同世代の子も多かったが、立場的には自分の方が上だ。いや、それは間違いなのだが、その時のあたしはそう思っていた。仕事のストレスをぶつけても文句も言わない彼らに当たることがどんどん多くなり――自分でもひどいと思いながらも、やめられなかった。弱みを見せられなかったのだ。一つでもそんな顔を見せてしまえば、絶対にバカにされてしまう。仕事もできなくなるかもしれない。その不安を隠すために虚勢を張る。そのくり返し。負のスパイラル。

弱い犬ほどよく吠える、というのは本当なのだ。

本が売れなければ、そんな人間誰も相手にしなかったのだろうが、幸か不幸か売れ行きは好調で、誰も逆らえないような環境ができてしまっていた。それが、さらに自分を追い込み、誰にも素顔を見せられないまま、十年近くも過ごしてしまった。

だが、何事も永遠には続かない。最近、コミックスが売れなくなってきた。それは業界全体として言えることなのだが、一度落ち始めたら、自分だけそのまま真っ逆さまなのではないか、とどんどん不安になる。ストレスがますます大きくなり、際限なく人に当たってしまう。

あたしだって、周りの人間が自分の悪口を言っていることはわかっている。被害妄想ではなく、単なる事実だ。だって、そう言われて当たり前のことをしている。

けれど、やめられないのだ。どうしたら断ち切れる？　今だって、このままアシスタントたちが来なければ仕事ができないってわかってるのに……あんなこと言ってしまって……。

ソファーに突っ伏して泣いていると、チャイムが鳴った。誰⁉　誰か来てくれた⁉

あわてて涙を拭いたが、まぶたがぶわぶわに腫《は》れている。これじゃ泣いていたのがバレバレだ。どうしよう……。こんなことになってまで、まだ見栄《みえ》を張っている自分が本当に嫌いだ。

でも、無視するわけにもいかない。本当に誰か来てくれたのだとしたら、仕事をしなくちゃ。

もうなりふりかまっていられなかった。涙のあともそのままに、玄関へ急ぐ。ドアスコープも確かめずに、いきなりドアを開けた。

ところが、そこには誰もいない。あたしは呆然と立ち尽くした。

ピンポンダッシュされた⁉　こんな時間に⁉　こんなタイミングで⁉

　自分の中で、何かがキレた。涙が一気にこみあげる。さっきの比ではない。吹き出すのではないか、というような勢いだった。しゃがみこみ、まるで子供のように声をあげて泣いてしまう。

「あー、泣かない泣かない」

　優しそうな声がした。お父さんみたいだった。急に実家に帰りたくなった。両親とは普段、電話とメールでしか話していない。たまに二人はこっちに出てくるが、あたしは帰らないから。心配していることはよくわかっているが、安心させてもあげられない自分は何て親不孝なんだろう。

「どうしたんですか？　そんなに泣いて」

　幼児が「えーんえーん」と泣くようにしていたあたしの頭に、何かが触る。ハンカチ？　そんなところを拭いても、そこは目じゃないけど……。

「一応三十分以内には来たつもりなんですが」

　三十分以内……？　その言葉を聞いて、あたしは顔を上げた。

　目の前にビーズの点目が二つ。突き出たぶたの鼻。

「磯村さんから言われてまいりました山崎です」

そう言ってそのピンク色のぶたのぬいぐるみは、立ったままポンポンとあたしの頭を叩いた。ハンカチじゃなかったんだ。

2

「あー、なんか……すごい部屋ですね」

フルネームを山崎ぶたぶたというぬいぐるみの右耳はそっくり返っていた。後ろからだとよくわかるそれが、震えているように見える。

「〆切前は……いつもこんなもんよ」

原稿が仕上がるまでは、掃除も何もできない。それもアシスタントたちの仕事だった。ストレスから解放されれば自分でもやるが、ここ数年「解放された」という気持ちになったことはない。

「どこで仕事をすればいいんですか？」

本気なんだろうか。こんな小さなぬいぐるみ、ペンすら持てないんじゃないのか？　あたしの手の上にも乗ってしまうくらいなのに。

「あそこの座卓で」

フローリングの床の上には、大きな座卓がでん、と置いてある。インテリアとしてどうだろう、と思うのだが、親がくれたものなので、何となくそのまま置いてあるのだ。使い勝手はいいはず——一人での作業の時は、あたしも使っているし。

「あなたもあそこで？」

「あたしは自分の部屋でやってる」

人目があると描けないのだ。隠れて描いていた習慣が抜けていないのかも。効率がちょっと悪いが、ノックをしてもらえれば別に人が入ってくるのに抵抗はないので、定期的にアシスタントにのぞいてもらい、仕上げてもらう原稿を渡すのだ。

「じゃあ、さっそく始めますか」

彼はやる気満々といった雰囲気で、短い腕をぐるぐる回す。声と動作はおじさんくさいが、何ともかわいらしく、ちょっと笑ってしまう。ぬいぐるみだと思うとあまり緊張感もないようだ。人相手だと、あたしはどうしても構えてしまう。虚勢を張らないといけない気がするのだ。

でも、これではもう間に合わないかも——とため息が出た。磯村さんがどういうつもりでこのアシスタントを寄こしたのかはわからないが、もう彼もあきらめているのかもしれない。前はこんなふうにギリギリだと、家に来て原稿ができあがるのをへばりついて待っていたものなのに。

まあ、それでも彼が寄こしたアシスタントのおかげで、だいぶ気分は変わった。やれるだけやるか。終わるかどうかはわからないが、それは磯村さんのせい。

「とりあえず、下描きが終わった原稿の背景を描いて」

「はい。あ、お腹は空《す》いてませんか？」

「あー……少しだけ」

実はかなり空いているのだが、一段落つかないと喉を通らないかもしれない。

「でも、まだ大丈夫。頼む時は言うから」

デリバリーの電話くらいはできそうだ。

「飲み物とかは？」

本当は何か飲みたいところだけど、部屋には水のペットボトルもあるし、このぬいぐるみがお茶とかいれられるとは思えない。

「ううん、別にいいよ。自分でやるし」

自然と砕《くだ》けた口調になっているのに驚いていた。何年ぶりだろう、家族以外とこんなふうに話したのは。

あたしもまだ、普通に話せるんだなあ。夢じゃなければいいのだが。夢だったらきっと、原稿間に合わないな。

それでも、やる気が出てきたところでやってしまわないと。

「あ、ここら辺、ちょっと片づけてもかまいませんか？」

……確かに、床は散らかり放題で、座るのにも躊躇《ちゅうちょ》するかも。まあ、ものをどけるくらいはできるだろう。

「いいよ。どこでも好きに使って。訊きたいことがあったら、部屋に来て」

いつもひきこもって仕事をしているので、知らない間にアシスタントが掃除をしていくのだ。中にはあたしよりもこの家のことを知っている子もいるだろう。

あたしは残りの下描きを仕上げるべく、自分の部屋に行った。ドアを閉めて、音楽を小さくかける。手元だけを明るくして机に向かうと、一心不乱に作業を始めた。

下描きが終わった時、伸びをすると、首がポキポキ鳴った。

あれから、ぶたぶたは一度部屋にやってきて、下描きの終わった原稿を持って出ていった。背景を見せてもらおうかと思ったが、あまり期待していなかったので、まあいいかと思う。あたしはあきらめていたのだ。本気でやってもらうのなら、最初にどのくらいの画力か確かめるはずだもの。それを忘れたということは、つまりそういうことだ。

だったら、下描きもやらなくていいと思うが、一人でできることはしてしまわないと、この作品がちょっとかわいそうに思ったから――徹夜までして、こうやっている。

部屋を出て、居間に行くと、ぶたぶたは座卓に向かって、どう見ても――ベタ塗りをしていた。あたしは驚いて立ち止まる。そんなことをしているなんて、想像もつかなかった。あのふよふよした手で筆記具が持てるとも思わなかったし、ましてやベタ塗りなど！

まあ、だったらしゃべってんのはどうなのか、という根本の問題はあるけど。しゃべれるのなら、他のことだってできるかも、とあたしは思い直した。

「あ、下描きは終わりましたか？」

「うん、終わった」

あとはひたすらペン入れだが、一人でやるとなると絶対に終わらない。どうしよう――と何気《なにげ》なくあたりを見回して、

「えっ⁉」

あたしは大声をあげる。

「どうしました？」

無意識に差し出していたらしい原稿を受け取りながら、ぶたぶたは言う。

「部屋がきれい！」

「ああ、掃除しましたから」

何食わぬ顔でそう言うが、ピカピカじゃないですか！　ほこりだらけだった床は、ワックスを塗ったようにツヤツヤだし、散らばっていた本こそ隅の方に積まれているだけだったが、山になっていた洗濯物はたたまれているし、脱ぎっ放しだった服も——そういえば、洗濯機が回っている音がする。

「あ、夜中に回すのはまずかったですかね？」

「う、ううん、大丈夫……」

一応静音タイプのものだし、今まで文句が来たこともない。

台所の方に目を向けると、シンクに放り込んだままだった皿や茶碗がきちんと洗われて、食器棚に納まっていた。しかも、何やらいい匂いまでする！

「食事の支度もしておきました。豚汁とおにぎりですけど。冷蔵庫に温野菜のサラダもあります」

「材料なんて、なかったでしょう……？」

「ええ、買いに行きましたよ」

「どこに⁉」

「二十四時間営業のスーパーに」

ああ、そんなに驚くことじゃない。今までのアシスタントもそこで買い物してたけど、このぬいぐるみがそうしたってことが信じられないだけだ。

とはいえ、もっと不安になってきた。このぬいぐるみ、仕事もしないで掃除にかまけていたの⁉　いったい何のために来たのよ！

そう怒鳴ってしまいそうになった瞬間、あたしの目の前に原稿が差し出された。

「これ、終わった分です」

それを見て、あたしは言葉を失う。

う……うまいんですけど。ものすごく。街並みやビル、家――そして車！

微妙にパースが直ってないか？

「いかがでしょう……」

なのに、その自信なさげな顔は何⁉　なんかムカつく。

「……いいんじゃない？」

あたしは内心の動揺を隠して、そう答えた。つくづく素直じゃないと思いながら。

「じゃあ、続きをお願い」

「わかりました。あ、ひと休みしてください」

自分の空っぽのお腹を見透かされたようだった。

「そうね」

何なの、いったい。家の掃除も絵も完璧。この上、料理まで？　まさか？

あたしがダイニングテーブルに着くと、ぶたぶたは椅子を踏み台がわりにして、豚汁を椀によそい始めた。小ぶりなおにぎりが大きなお皿にたくさん載っている。

「この列は梅干し、ここはシャケ、ここはおかかです」

「……たらこは？」

「はい？」

「たらこはないの？」

あたしは焼たらこのおにぎりが大好きなのだ。

「あ、この皿に載り切らなくて。別にしてありますよ」

シンクの方に置いてあった皿を持って、ぶたぶたが戻ってくる。小皿の上におにぎりが三つ。

「どうぞ。たらこです」

「ありがと……」

一口食べると、空腹感が押し寄せてきた。たらこを三つ貪《むさぼ》り食べ、シャケと梅干しとおかかも一つずつ食べる。我ながら食べ過ぎだろう、と思ったが、やめられなかった。豚汁（これを作ったということに、若干の違和感があったが美味だった）も平らげ、お茶を飲んでようやく人心地がつく。

「さっ、ペン入れしないと！」

言い聞かすように立ち上がる。ふとぶたぶたの方を見ると、あっけにとられたような顔をしていた。

「ごめん……。何だかすごくお腹が空いてて」

そういえば、昨日からまともに食べていない。アシスタントの誰とも連絡がとれなくてイライラして、食べるのを忘れてしまっていたのだ。その反動とも言えるが、こんなに食べてしまって、かえって不安になる。眠くなってしまうかもしれない。食べてしまったものは仕方ないけど。

「さて、もうひとがんばりするか」

この人がこんなにうまくて速いのなら、何とか間に合うかもしれない。あたしのペン入れさえ終われば。

ちょっとやる気が出てきた。この人相手だと、自分で自分がいやになる暴言もあまり出ないし、ずっとやってもらえないだろうか。こんなに優秀で変わった外見なら、絶対噂になるはずだが、聞いたこともない。もしかして、あたしってラッキー？

3

「たらこ！」

そんな叫び声を聞いた気がして、あたしははっと目を開けた。

いつの間にかうたた寝をしていたようだ。時計を見ると——二十分くらい？　かえって頭がすっきりした気がする。起こされたにしては。

何、あの叫び声は。外かな。それにしても「たらこ!」だなんて——夢かもしれない。さっきたらこのおにぎりを食べたから。お腹がいっぱいになると眠くなるってわかってるのに、つい食べてしまった。すごくおいしかったから。

何となく母親が作ってくれたおにぎりを思い出すような食感というか塩加減というか——ほとんど海苔《のり》でご飯が隠れていて、しっとりとなじんでいるところもいい。パリパリの海苔も好きだけど、本当はしっとり派なのだ。

「コーヒー飲みたい……」

そこまで考えて、あたしはつぶやく。せっかく目が覚めたんだし、ここはしっかりカフェインを入れて、続きをやらなきゃ。

のろのろと廊下へ出ると、玄関がバタンと閉まった——ような音を聞いた。誰か来た?でも、玄関には人の気配はなかった。でも、鍵が開いている。あれー、ぶたぶたが買い物に行った時に閉め忘れたのかな。

ちゃんと鍵を閉め、ペン入れが終わった原稿を持って居間へ行くと、ぶたぶたとぶつかりそうになる。というか、あたしが蹴飛《けと》ばしそうになった。

「あっ、びっくりした……！」

「それはこっちのセリフだよ」

蹴飛ばしたら、痛いんだろうか。ぬいぐるみも痛みを感じるもの？

訊いてみたい、とむずむずするが、ぶたぶたは洗濯物を片づけていたらしく、また手早くたたみ始める。まるでショップの店員のようだった。

「洋服屋さんとかでバイトしたことあるの？」

「え？」

シャキッと音がするかと思うくらいの勢いで、ぶたぶたは振り向いた。

「いえ、特にはありませんが、そういう仕事をしていた人から教えてもらったことはあります」

「ふーん。器用なんだね」

言ってしまってから、器用とかのレベルじゃないだろ、と自己ツッコミをする。

あたしが書いているジャンルは、いわゆるファンタジーになる。舞台は現実世界だから、「ちょっと不思議な話」系だ。恋愛ものや学園ものにそういう不思議な人や現象を絡めた話、と言った方が早いかもしれない。だからといって、そういう——今ここで繰り広げられている非現実的なことに慣れているわけではない。むしろ、縁がない方だ。まったく。全然。一切経験なし。憧れているから描いているだけ。

あまりにもかけ離れていると、もうなんかあきらめるしかないのかな、みたいな心境だ。まともに眠れない日々が続いていたし、脳もハイになっているんだろう。

なんかいろいろあって、疲れた。爆発もしてしまったし。いつかはこういう日が来るんじゃないかと思っていたが。

今回の原稿が何とかなってもならなくても、編集さんやアシスタントたちを敵に回してまで仕事を続けていく自信が、あたしにはもうなかった。高校生までのあたしをなかったことにしたように、東京のあたしもなかったことにすれば、田舎に帰れるかもしれない。貯金もいくらかあるし、このマンションが売れれば……。

ああ、お母さんに会いたいなあ。もう寝てるだろうから、電話もかけられないし……。

「……どうしました？」

いつの間にかぶたぶたが目の前に立って、心配そうにあたしの顔を見上げていた。その時、初めて自分がまた泣いていることに気づいた。

「いや……田舎に帰りたいなあ、と思って」

「今なら、仕事も田舎でできそうですね」

「そうかな……。田舎だと、こうしてギリギリまではできないでしょ？」

生原稿を送るための時間を考慮して仕上げないといけない。ここなら取りに来てもらえるけど。

「文章とかだと、メールで送って終わり、なんですけどねえ」

「うちもデータ入稿できるんだって……よくわかんないけど」

マンガ家の知り合いや編集さんから聞かされたが、さっぱりわからないのだ。

「それだと、ギリギリまでできるらしいけど、パソコンでやらないといけないらしいの。一人で描いてる人もいるって聞いて、ちょっと気になったんだけど、全然理解できないから、ダメかなあって」

教えてくれるような人も知らないし。

「一人で描きたいんですか？　やっぱり」

「うーん……」

部屋に閉じこもって描いていること自体、そうなんだろうけど、実際には不可能なわけだし。

そもそも何でこんなふうに人前で描かないようにしたんだっけ？　家では確かに一人で描いていたが、友だちの前で描いていたりもしていたのに。

「あ……」

苦い記憶が甦《よみがえ》る。

東京に出てきて、初めてアシスタントの女の子たちを編集さんから紹介されて、いざ仕事を始めると、あたしは緊張のあまり描けなくなってしまったのだ。一人で描くか、気を許した友だちの前でしか描いてこなかったから。

だから、部屋に閉じこもってしまったのだ。指が震えて、まっすぐ線が描けないことなど、知られたくなかったから。

弱い。弱すぎるな、あたし。あまりにも情けなくて、そんな話の一切合切を目の前のぶたぶたに話してしまっていた。まるでぬいぐるみに話しかけるように。ってそのままだが、本当だったら返事はないはず。

「そうですかー。ずっと気を張っていたんですね」

しかし、ぶたぶたはそう返事をした。またまたそれに涙腺を刺激され、あたしはしくしくと子供のように泣きだした。

ひとしきり泣いてしまうと、けっこう気分が落ち着く。泣くこともあまりしてこなかったことだ。つい我慢してしまっていた。今から考えると、それはただの強がり。一人でいる時くらい、思いっきり泣けばいいのに、自分自身にすら強がっていたのだ。

うつむいて目の下をこすりまくっていたあたしの目の前に、すっとカップが差し出された。コーヒーの香り。

ああ、そういえばコーヒーが飲みたくて部屋から出てきたんだっけ。

「コーヒー、お好きなんでしょ？　いろいろ粉がそろってたから、コーヒーメーカーで勝手にいれちゃったんですけど」

「あ、ありがとう……」

一口飲むと、香りと苦みが口いっぱいに広がる。苦みが強いコーヒーの方が、あたしは好きだ。頭がしゃっきりするから。

「おいしいね……」

このぬいぐるみがいれると、何だか違う味がするような気がする。さっきのおにぎりも、何だか特別なものに思えてくるから不思議だ。

そう思っているあたし自身、ちょっと壊れてきているのかも。

その時、玄関の方からガチャガチャッと不穏《ふおん》な音がした。

「えっ⁉」

あたしは落としそうになったマグカップをやっとテーブルに置き、立ち上がった。

「誰か来たのかな……」

夜中に誰かが訪ねてくることはそう珍しくないけれども、前もって連絡があるし、あんなふうにドアノブをガチャガチャさせる人はいない。ちゃんとチャイムもあるし。酔っぱらいが部屋を間違えたということもあり得る。ただここは、オートロック式ではないので、変な人が入ってくる可能性も高い。

しかも、さっきは鍵が開いていたのだ。ただの間違いだったらいいけれども、もし不法侵入者だったとしたら——あたしの部屋は、玄関のすぐ脇で、鍵がない。入ってこられたら、もう逃げ場がないのだ。

急いで玄関に行き、ドアスコープから外をのぞく。誰もいなかった。もし居間にいるぶたぶたと同じくらいの大きさの人だったら、わからないかもしれないが、その確率は多分、ものすごく低いはず。

慎重にドアを開ける。廊下を見渡すが、誰もいなかった。ここは角部屋なので、別の部屋に行く人が通ることもない。

ドアを閉めて、鍵をかける。念のためにチェーンも。

振り向くと、ぶたぶたが不安そうな顔で立っていた。

「大丈夫よ。チェーンもかけたし」

「……誰もいませんでしたか？」

「いなかったよ」

居間の方から何やら音がする。不穏な音ではなく、携帯電話の着信らしい。あたしのではないようだ。ということは、ぶたぶたの？　おお、ちゃんとケータイも持ってるんだ。

彼はあわててきびすを返し、とことこと廊下を走っていった。しっぽが結んであるのを発見して、何だかそれだけで感動してしまう。

居間に戻ると、ぶたぶたが何やらケータイをにらんでいた。彼の身体の三分の一はありそうだった。

「電話？」

「あ、いいえ、メールです。ちょっと返事を――」

「どうぞどうぞ」

いつものあたしなら、妙にイライラして、怒鳴りつけるところだが、とてもそんな気分にはなれない。彼を見ていると、何となく安心できる。

でも、自分の部屋に行くのはちょっと怖かった。さっきうたた寝から起きた時に聞いた叫び声も、もしかしたらドアの外から聞こえたものなのかも——。

そこまで考えて、愕然とする。もしかして……中にいた？　え、まさか⁉

あたしは家の中をバタバタと走り回って、扉という扉を開け、誰もいないことを確認する。隠れていたとしたら、チェーンをかけることは自殺行為だ。窓の外も、ベランダも見た。多分……多分、大丈夫。

急いで自分の部屋から、作業に必要なものを持って、ダイニングテーブルの上に並べた。怖いから、こっちで描こう。

「どうしたんですか？」

走り回るあたしを目を丸くして（？）見ていたぶたぶたが言う。

「こっちで描くわ」

「えっ⁉」

思いのほか驚かれて、あたしの方が面食らう。

「えっ、集中できますか？」

「うん、多分大丈夫だと思う」

ぶたぶたは、田舎の友だちと同じような雰囲気を持っていた。だから、描けるはず。昔は友だちとしゃべりながら、笑いながら描いていたのだ。

少し冷めてしまったコーヒーをごくりと飲み干し、

「よしっ」

と気合いを入れて、あたしは描き出した。

しばらくして顔を上げると、ぶたぶたも原稿に向かっていた。消しゴムをかけ、ベタを塗り、トーンを貼る。非常に手早く、丁寧だった。

あたしは安心して、またペン入れを続ける。

しかし、何度目か顔を上げた時に、あたしは気づいた。

ぶたぶた、ベタ塗りとトーン貼りと消しゴムかけしかしていない。

それらは本当に完璧だ。あの柔らかな手が素晴らしく器用なのは、よくわかってる。手の先に布を巻き、汚れないようにしていたが、インクが顔に点々と飛んでいる。目と区別できるか心配だ。それはとても、とっても微笑ましい。

でも、全然絵を描いてないんですけど。

ペン入れが終わった原稿は、背景の部分が空白のものばかり増えていく。できあがったものがまだ一枚もなかった。

そろそろ夜が明けるというのに——。

どういうこと？

そう思ったとたんに、ある考えが浮かび、あたしは一瞬脱力した。もしかして……そういうこと？

あたしは我慢をした。とにかくペン入れが終わるまでは。

空が明るくなってきた頃、ようやくペン入れが終わった。

肩が痛い、手が痛い、目が痛い——全身が痛かった。とりわけ、胸が。

「終わりましたか？」

ぶたぶたが何杯目かのコーヒーをいれ直しながら言う。

「少しお休みになったらどうでしょう？」

「いやよ」

「え？」

「だって、これからまだ背景を描かなくちゃいけない」

ああ、こんな街中のシーンなんか描くんじゃなかった。細かい背景が多すぎる。

「あ、その……」

「いいんだよ。最初からそういうことだったんでしょう？」

あたしは、彼が仕事中、何度もメールのやりとりをしているのに気づいていた。メールが来始めてから絵を描かなくなったし、何かを逐一報告しているようにも見えた。あたしのことをちらちら見ているように思えたから。

「すっごくうまい人が来たって、あたし喜んだけど……こんなふうにはめなくても、いいのにね」

彼の様子がおかしい、と思っても、そばで絵を描くことができたのに。

でもあたし、こんなにも恨まれていたんだ。

もう涙も出なかった。

「あの、羽島さん……」

「別にいいの。あたし、田舎帰るし」

両親と友だちのことを思い出すと、胸がふさがるように苦しかった。泣けないかわりに、動悸《どうき》が激しい。

ぶたぶたの前に置いてある未完の原稿を寄せ集め、全部自分の前に置く。ああ、何でこんなにていねいにトーンやら背景やらの指示を出してるんだろう、あたし。みんな無駄なことなのに。

「もう、帰って。あたし、まだ仕事あるし」

「羽島さん、話を――」

「聞きたくない！」

全部身から出た錆《さび》だけど、もうこんなふうに怒鳴ることはやめる。絵を描かなければ、そうなるだろう。こんな朝早く――近所迷惑だったら。

あたしは、ぶたぶたのことをただのぬいぐるみだと思うことにした。ここまでの仕事は、全部自分でしていたんだ。話してしまったことも、独り言。彼はあたしが見た幻。見たかっただけの幻。

本物の幻は、こんなにも悲しいものなのか、と勝手に描いていただけのあたしは思った。

「一人にして」

そう言うと、あたしは再びペンをとり、下を向いた。

4

どこかで電話が鳴っている。聞き憶《おぼ》えのある着信音だ。しかも、どうして耳元で鳴っているの？

目を開けると、目の前に自分の携帯電話が置いてあった。そのけたたましさに一気に目が覚め、あわてて通話ボタンを押す。

「もしもし……」

自分の声とは思えないほど、ガラガラだった。

「もしもし。おはようございます。磯村です」

「ああ、磯村さん……」

あたしはまた枕に突っ伏した。何て言えばいいんだろう……何も言いたくないっていうのが本音だけど。

「原稿取りに来ましたよ」

「ああ、そうですか……」

「もう部屋の前にいますよ。チャイムいくら鳴らしても出ないから電話したんですけど——寝てました？」

「そう……ですね……」

あたしは、自分の部屋のベッドに寝ていた。着替えてはいないが、布団をちゃんとかけて。いつここに来たのか、全然思い出せないけど。

でもこうして寝ているということは、多分あきらめたんだと思う。時計で時刻を確認する。この時間であの量の絵を描き上げられたとは到底思えないし、もうろうとしているせいかもしれないが、あたし自身に描いた記憶がない。

ふらふらとベッドから起き上がり、玄関に向かう。どれだけひどい顔をしているかわかっているが、まあいいか。もう田舎に帰るんだし。

ドアに手をかけて、はっとする。また鍵がかかってない……。でも、そんなこともう気にしてもしょうがない。あたしは玄関を開けた。

「おはようございます」

磯村さんの顔にもクマができていたが、あたしなんかもう、顔全体がどす黒いはず。負けないっ、と思いながら、家に招き入れる。

「なんか……きれいですね。部屋が」

戸惑うような磯村さんの声に、あたしも初めて気づく。いつもの〆切明けとは思えない整頓ぶりだった。

座卓の上に、原稿が重ねて置いてあった。

「拝見してもいいですか？」

彼は、こうして必ず確認をとってから原稿を見る。こんなに礼儀正しい人を本当に怒らせたんだな、と思うと、いたたまれなかった。デビュー作を編集長に熱心にすすめて、連載にしたのも彼だ。

彼は、あたしのマンガの最初のファンだったのだ。

それでも、あたしの決心は揺らぎそうになかった。

「あの、磯村さん……」

「間に合ったじゃないですかー」

磯村さんの声が、うれしそうにあたしの言葉をさえぎる。

「すごいすごい。さすが羽島あゆ」

いつもだったら嫌味にも聞こえるその賛辞に、ポカンとするしかなかった。間に合った
ってどういうこと？

「じゃ、これいただいていきますね」

「ちょっと待って！　原稿見せて！」

あたしは彼の手から原稿をひったくり、中身を確認した。

できてる……。さっきまで真っ白だったところにも、全部背景が描き込まれている……。

しかも、やっぱりうまい！

「どうして!?」

なぜあたしの前でこれを描かなかったの？

「磯村さん、昨日寄こしたアシスタントの連絡先教えて！」

「え、あ、それは——」

「山崎ぶたぶたってぶたのぬいぐるみよ！」

「え、ぶたのぬいぐるみ？」

「そうよ。これぐらいの大きさなのに、絵がうまくて料理もできるのよ」

「あ、あの、羽島さん……？」

磯村さんの顔が、面白いように困っていた。眉毛が八の字だ。

「あの、実は僕、誰だか知らないんです……」

「……え？」

「人を介して、行ってもらったものですから……その介した人を信用して、ちゃんとした人が行ったとは思うんですけど」

「ちゃんとしてたよ！　しすぎてるくらい！　でも、わかんないことが多すぎるから、連絡したいの！」

「じゃ、あのう……その紹介してくれた人に頼んでみます」

「その紹介した人は、山崎ぶたぶたじゃないの？」

「いえ、そういう名前じゃないんですけど……ぬいぐるみじゃないし」

「じゃ、その人が知ってるんだね。お願い、絶対に教えて。お願いだから」

あたしの普通ではない様子に驚いたのか、磯村さんは「わかりました」と口ごもりつつ約束をして、そそくさと出ていった。

きちんと片づいた台所のテーブルの上には、ラップのかけられたおにぎりが三つ、置いてあった。皿の下のメモに気づく。

『鍋にみそ汁が作ってあります。冷蔵庫のサラダ、食べてくださいね』

それだけ。名前も何もない。誠実そうな字だった。

みそ汁は、豆腐となめこだった。あたしの好きなものを、どうして知ってるの？

田舎に帰るのは、とりあえず中止した。磯村さんが調べてくれるのを待つ間は。

でも、あんなに優秀なアシスタントだったら、他の人も使っているかもしれない。自分でも調べてみよう、と思って、マンガ家の知り合いに電話をして訊いてみた。

しかし、みんな知らない。そして、みんな口を揃えて、

「大丈夫？」

と言うのだ。

まあ、無理もない。あたしだって突然、

「バレーボールくらいの大きさのピンクのぶたのぬいぐるみなんだけど、ものすごく絵がうまくて、すごく優秀なアシさんに手伝ってもらったことある？」

こんなことを訊かれたら引くし、つい「大丈夫？」と言ってしまうだろう。「働き過ぎ

じゃない？」とか。

　ああ、これでは別の意味でアシスタントやってくれる人がいなくなるなあ、と思ったが、その時こそ田舎に帰ればいいや、と開き直った頃、以前何回か来てもらった女の子から電話がかかってきた。

「あの……なんか調子が悪いってお聞きして……」

　すごく話しづらそうだった。何のつもりで電話をしてきたんだろう。あの夜、来てくれなかったアシスタントの子たちは、あれから一切連絡がなかった。今日電話してきた子は、その中の誰かの友だちで、連絡先を聞いていなかったのだ。いざという時は、その誰かを通じて連絡をすればいいと思っていたから。

「別に調子が悪いわけじゃないんだよ」

「あ……いえ、あの……実は、お手伝いできるんだったら、と思って、お電話したんですけど……」

　そう言われて、あたしは驚いた。絶対にいろいろ噂が流れているはずだから、こんなふうに連絡してくれる子がいるなんて思わなかった。

「前、お会いした時は、友だちに無理に頼みこんで入れてもらったんです。あたし、先生のファンで……」

「じゃあ、手伝って幻滅したでしょ？」

あの時も、相当荒れていたから。

「いえ、びっくりはしましたけど、アシスタントも初めてだったから、こういうもんなんだーと思って」

ずいぶんと大ざっぱな評価だ。

「他の先生のところには行かなかったの？」

「行きましたよ。いろんな人がいました」

「あたしみたいな情緒不安定なマンガ家のアシをやるより、よかったでしょ？」

「情緒はみんな不安定だと思いましたよ？」

何を妙なこと訊いてんだ、というような口調だった。

「あの、失礼かもしれないんですけど、友だちから、先生のアシはもうやらないって聞いたんで、あたしにもチャンスがあるかな、と思って電話したんです」

「あたしの噂、聞いてない？」

「聞いてますよ」

「それでも来たいの？」

「あたし、ぬいぐるみのアシスタントの話、聞きたいです。くわしく。マンガにはしないんですか？」

信じているのか、それともただのネタだと思っているのかよくわからなかったが、嘘を言う必要もない、と思った。ネタとしてパクるのなら、こんな堂々と電話はしてこないだろう。いや、そもそもネタじゃないけど——。

「うん、いつか描きたいな」

描ける日が来るとも思えないが。


結局、電話をしてきた女の子が、もう一人、いかにも「類友《るいとも》」（類は友を呼ぶ）な友だちと一緒に、アシスタントをやってくれることになった。お互いの欠点を補うように作業分担ができていて、彼女たち二人でぶたぶた一人分——って言い方もひどいが、そんな感じだった。

だが、それは雰囲気にも出ていた。最初の電話で毒気を抜かれたあたしは、彼女たちと自然に接することができるようになった。部屋に閉じこもって描くこともなくなり、居間でしゃべりながら笑いながら描けるようになった。

久しぶりに田舎の友だちにも連絡をとって、会うようにもなった。昔みたいに。

あたし、だいぶ変わった。磯村さんでさえ驚くほど。

でも、ぶたぶたの連絡先は、わからなかった。あの夜、紹介してもらった人から、磯村さんは教えてもらうことができなかったのだ。

「あのですねえ……その人が言うには、『そんなぬいぐるみはいない。あの夜、手伝ったのは自分だ』って言うんですよ」

「じゃあ、その人は誰なんですか？」

「いや……それはちょっと……それに、本当に手伝ってもらってたら、わかるはずなんですけど……」

磯村さんの要領を得ない答えにいいかげんキレそうになった時、玄関のチャイムが鳴った。

「誰か来た。また連絡します」

そう言って電話を切ると、あたしは玄関に走っていって、ドアを開けた。

そこには、ひょろりとしてメガネをかけた見知らぬ男性が立っていた。え、見知らぬ？

いや、違う。見たことある……？

「あの時も思ったけどさあ」

挨拶《あいさつ》もなしに、彼はそう言った。

「どうして確かめもしないでいきなり開けるの？」

「海棠《かいどう》ヨウイチ！」

あたしは大声で彼を呼び捨てしてしまった。あたしなんか足元にも及ばない売れっ子のマンガ家だ。一度だけ、パーティーで磯村さんに紹介してもらったことがある。磯村さんは彼の元担当だったのだ。

「あ、お久しぶりです」

彼の足元から、ぶたぶたが出てきた。

「ぶたぶた！」

こっちも呼び捨てだ。

「磯村さんからバレる前に、言い訳に来た」

海棠さんが憮然《ぶぜん》とした顔で言った。

「言い訳？」

「悪いけど、入れてくれるかな？」

何で初対面も同然のあんたを、と思ったが、ぶたぶたが困ったように見上げているので、つい、

「入って」

と招き入れてしまった。

居間に入ったぶたぶたは、まだ困っているようだった。何かやらないといけない、とでも思っているんだろうか？　何て面倒見のいいぬいぐるみだろう。

「お茶はあたしがいれるよ」

「あ、すみません……」

もしかして、あの夜の最後の会話を気にしているのだろうか。

「どうぞ」

緑茶をいれて差し出すと、海棠さんはがばっと飲み込み、盛大にむせた。やけどもしてないか？

ぶたぶたもちびちびすすっていたが、この人はやけどしなさそうだ。短い足をむりやりたたんで、正座をしていた。

「あの――」

まだむせている海棠さんを尻目に、茶碗を置いたぶたぶたが、おもむろに口を開く。

……いや、鼻をもくもく動かした。

「あの晩はいろいろとご迷惑を――」

「いえ、むしろ世話をかけたのは、あたしの方だよ」

「いいえ、なんか怖がらせたり悲しませてしまったみたいで――」

「あたしこそ、ひどいこと言ってごめんなさい――」

「あの〜」

ようやく落ち着いたらしい海棠さんが口をはさむ。

「羽島さん、俺がここにいるのはなぜだかわかる？」

「わかりますよ。絵を描いたのは、海棠さんだったんですね」

さっき彼が誰だかわかった瞬間に、絵が頭の中に浮かんだ。彼は青年マンガを描いている。あたしのは少女マンガだから、テイストがまったく違うが、浮かないようにタッチを合わせて描いていた。それでも特徴はあったが、それは今気づいたもので、彼と顔を合わさなかったらわからなかったかもしれない。それくらい、彼の絵はうまいのだ。実際に描くところは見ていないけれども、うまい上に速い。だから、あの白い部分をあれだけのレベルで埋められたのだ。

「そう。ぶたぶたさんが一人で全部やっていると思わせて、実は分担してた。彼は、ベタ塗りとトーン貼りと消しゴムかけはほんとにうまい。でも、絵はうまいわけじゃないから、そっちは俺が描いた」

「あたしが部屋に閉じこもってる間に——」

「そう。閉め出されるまではね」

「閉め出す？」

「玄関に鍵かけただろう？　あの時、俺は外に出てたんだ。コンビニに行ってた」

「もしかして……『たらこ！』って叫んでませんでした？」

「いや……それは憶えてないけど……たらこのおにぎりを買いに行こうとしてたのは確かだ。あんたが寝てると思ってたから、無意識に何か言っていたかもしれない」

危ない奴だ。

「そもそも、あんたがたらこのおにぎりを全部食べたのが悪い」

「何で⁉」

「別にしてあったのに、わざわざ出させて」

「あるんだったら食べてもいいでしょう⁉」

「俺がどうしても食べたくて作ってもらったものなのに！」

「うちのお米、使ったんでしょ！」

「たらこは俺が買ってきた！」

……何だかものすごく低レベルな言い争いをしている気がする。冷蔵庫のプリンを食べた食べないの兄弟ゲンカのようだ。

「まあまあ」

そして、それを収めるのはお母さん——じゃなくて、ぶたぶた。

「本当はすぐに言うつもりだったんですよね、海棠さん」

さっきまでの元気はどこへやら、海棠さんはむっつりと黙ってしまう。

「……何でアシやろうなんて思ったんですか？」

「あの夜、磯村さんから電話かかってきて……愚痴を聞いてるうちに」

「そんなヒマないでしょ？」

あたしはあきれてため息をついた。

「いや、あの日はたまたまヒマだった。だから、ぶたぶたさんがうちに遊びに来てたんだ。ぶたぶたさんとは飲み友だちなんだけど、手描きの頃はよく手伝ってもらってた。だからベタ塗りとかうまいんだけど、パソコン使うようになってからは、もっと手伝ってもらってる」

海棠さんの説明に驚く。

「本当にアシスタントだったの?」

「今はパソコンのオペレーターと言った方がいいかもしれないですけどね」

「専属というか、個人的に時間がある時だけ手伝ってもらってるだけだから、他のマンガ家のとこには行ったこともないし、俺も話したことない。

だから、二人で行けば何とかなるだろう、と思って。あんたが部屋で一人で描いてるのも磯村さんから聞いてたし」

何が「だから」なのかわからないが、あたしが訊きたいのはそういうことじゃない。

「単なる親切からじゃないんですよね?」

海棠さんはしばらく黙っていたが、やがて思いもよらないことを口にした。

「いや、連載止まってほしくなかったし……」

あたしは、心底驚いて、絶句した。そういう理由だとは夢にも思わなかった。

「この人、羽島さんのマンガ、大好きなんですよ。『面白い』って、よく人にもすすめてる。……意外ですか？」

ぶたぶたの言葉に、あたしはうなずく。

「てっきりからかってたんだと……」

「からかうためだけに人の修羅場になんか行くか」

ぼそっと海棠さんがつぶやいた。それは確かに言える。あたしもやらない。

「俺が最初に隠れてたのは、ぶたぶたさんとあんたを二人で会わせたかったからだ」

「え？」

「磯村さんの話を聞いてたら、あんたは絶対につぶれると思った。あんたがつぶれたら、続きが読めなくなる。だから、ぶたぶたさんを連れていったんだ」

「どうして？」

「俺がつぶれそうだった時、ぶたぶたさんに助けてもらったから」

簡潔だったが、彼が本気で言っているのは充分伝わってきた。

「助けてなんかいませんよ」

ぶたぶたがあわてたように濃いピンク色の手先を顔の前で振った。

「一緒に飲んでただけです」

飲んでたって——やっぱりお酒なんだよね？　大人なんだ、こんなに小さいのに。いや、声はおじさんだけど。

「そうだな……。だからあんたにも、彼と一緒に何かさせたかったんだ。絶対に何かが変わると思ったから」

「変わってないですよ」

あたしは、思わず言っていた。

「え？」

「元に戻っただけです」

あたしの言葉に、二人はきょとんとしていたが、やがて海棠さんは納得したように笑った。ぶたぶたは何やら首を傾げていたが。

そのあと、背景を描こうと下を向いたとたんにあたしが寝てしまい、部屋に運ぶのが大変だった、とか、鍵を開けたまま帰るのは物騒なので、磯村さんが来るまで二人で隠れて玄関を見張っていたとか、結局買ってきたおにぎりはマンションの廊下で食べたとか、そんな言い訳というか愚痴を海棠さんからさんざ聞かされた。

まあとにかく、手伝ってもらって、ちゃんと原稿ができあがった事実は歴然としている。

「ありがとうございました、海棠さん」

あたしは、正座をして、きちんとお礼を言った。

「いや、別にいいけど……」

続き描いてくれれば、とつぶやく。やっぱりそういう気持ちってうれしい。まだちゃんとうれしいと思えることも、うれしかった。

「ぶたぶたさんもどうもありがとう」

「いえいえ、何もできなくて」

「そんなことない。ごはん、すごくおいしかった。今度また作りに来てよ。ちゃんと仕事として」

「ちょっと待て。ぶたぶたさんには他にも仕事があるんだぞ」

「えっ⁉」

てっきり海棠さんのアシだけだとばかり。

「いや、ごはんくらいは別に——あ、だったらうちに来て食べませんか？　子供たちも羽島さんのマンガ、好きなんですよね」

「えええええっ⁉」

驚愕《きょうがく》の事実に、あたしのアゴははずれそうだった。押し殺したような笑い声がする。

「——海棠さん、うれしそうですね」

「すぐに俺の気持ちがわかるはずだよ」

こらえきれなくなったのか、彼はゲラゲラ笑い出した。ぶたぶたはそれを、平然と見つめていた。

ああ、早く気持ちがわかりたいような、わかりたくないような……でもきっとわかるんだろうな。多分、近いうちに。

冬の庭園

きっかけは、会社の引っ越しだった。

井岡《いおか》の会社が入った新しいビルは、ピッカピカの超高層インテリジェンスビルだったが、今時のならいで公共の場では全面禁煙だった。それに乗じたように、会社内も禁煙になってしまう。

重度のヘビースモーカーである井岡にとって、それは地獄の苦しみだった。横暴だ！人のささやかな楽しみを奪いやがって——流行を追うにもほどがある。もしかして、ビルの賃料でも違うんだろうか。ありえそうだ。保険料だってこのご時世、喫煙者と非喫煙者では違ったりするんだから。

とにかく、タバコを吸うためには外に出るしかない。だがここら辺は路上での歩行喫煙も禁止なので、どこかタバコの吸える店に入るか——あるいは禁煙するかの二択だ。でも、彼は「絶対にやめるもんか」と思っていた。完全にむきになっていた。

それから井岡は、ビル内で隠れて喫煙できる場所を探すことに情熱を傾けた。はっきり言って、その時は仕事よりも夢中だったかもしれない。多分、周りの人間にもバレバレだったに違いないが、その時はそんなこと、気にもしなかった。

ようやく見つけた場所は、実にベタな非常階段の踊り場だった。三十階ある中から、人がほとんど出入りしない階を探し出すのは、本当に大変だった。最近は、メタボ対策とか何とか言って、運動のため階段を使う人間が増えているからだ。

この階にひと気がない理由はわからない。上からも下からも、あまり使う人がいない。エレベーターが止まる階と多分関係があるのだろうが、とりあえずそんなのはどうでもいい。ここならタバコが吸えるのだから。

もちろん、吸い殻を残していくなんて非常識なことはしない。末永くここを利用するためには、携帯灰皿は欠かせない。屋外なので臭いについては大丈夫だろう。冬になったら寒そうだ、と見つけた夏には思っていたが、本当にそのとおりだった。

今、彼は震えながらタバコに火をつけている。外はみぞれまじりの激しい雨が降っていた。まるで夕立のようで、とても冬に降るものとは思えない。一応上着は着ているが、コートを着てくるわけにもいかず、凍えるようだった。だが、背に腹は代えられない。

階段に座り込んで一服すると、くらくらめまいがするほどだった。家で吸ってから何時間たっているだろうか。

妻は「あきらめて禁煙を」といまだ強力にすすめてくるが、そんな気はさらさらない。タバコが大幅に値上がりするという噂があるが、その時は一生分買い込んで、冷凍保存してやる！　ああ、タバコ専用の冷凍庫を買うための金はどう捻出《ねんしゅつ》しようか――。

そんなことを思いながらタバコを吸っていたら、ドアが開く音がした。えっ、ここ数ヶ月、一度も開いたことがなかったのに！　見つからないで吸えていたのに！

とはいえ落ち着いて、タバコを灰皿に入れて――何くわぬ顔で立ち上がればいいのだ。見つかったって、吸っているところさえ見られなければ。臭いで気づかれるかもしれないが、風ですぐに消えてしまう。

そう思って、おもむろに振り返り――井岡はそのまま固まった。

少しだけ開いたドアの前には、一瞬誰もいないと思ったのだが、

「あ、いえ、わかりましたよ」

そんな声が聞こえたのは、足元の方だった。しかも、中年男性の声。明らかに建物の中ではなく、外に出ている声。

「お手伝いします」

追いかけるように若い男性の声が聞こえた。

「あ、おかまいなく」

「でも……しぼるんですよね？　一人で大丈夫ですか？」

しぼる？　何を？　ていうか、この状況どうしよう。うまい具合に手すりの陰になっているのか、彼らはまだこっちには気づいていないようだけど。もしかして立ち上がらないと気づかれない？　多分彼らも、ここには誰もいないと思っているのだろうし。

てか、「彼ら」って何!?　声は二つとも男だが、片方は——片方は。

「ええと……しぼりましょうか、僕が」

さわやかな口調だが、何だか会話が変だ。どこに向かってる？

「うーん……しぼれますか？」

「し、しぼれますよ？」

なぜ半疑問形？

「しぼるんなら、手加減なしでお願いしたいんですが」

さわやかくんは、多分新入社員だろう。初々《ういうい》しい顔を赤く染めた。井岡の頭の中にはひらがなの「しぼる」という字が浮かんだが、だんだんとその字が「しぼる」にも見えてきて――変な漢字をあてはめてしまい、あわててこそこそ頭を振る。

「いいんですか？」

「いいです。脱水機より全然マシですから」

だっすいき――まずい、漢字が浮かばなくなってきた。

「じゃあ、行きます」

さわやかくんは自分の足元にあった小さなピンク色のぶたのぬいぐるみを腰のあたりまで持ち上げると、ぎゅーっとそれを――絞った。とたんに、ぼたぼたぼたっと水滴が階段に落ちる。静かな踊り場に、その音が響き渡った。黒ビーズの点目が苦しそうに歪《ゆが》む。鼻の先からパンヤが飛び出すのではないか？　何て残酷な……。

「あー、やっぱり男の人だと力入っていいですね」

ところが何て気持ちよさそうな声。

「そうですか？」

「ちゃんとぞうきん絞りできてますし」

「ああ、母親に仕込まれましたんで」

あはは、とのんきな笑い声が響く。絞るならレモンが似合いそうなさわやかくんは、絞りたてのぬいぐるみをバスタオルでくるんだ。

「ありがとうございます。これで乾きが早くなる」

「まったく、最近のにわか雨はスコールみたいですよね。冬なのに――」

ドアが閉まる。井岡はそのドアにしがみついた。が、鍵がかかっていて開かない。

今まで全然興味なかったけど――そのドアの向こうはどこ⁉

誰もいなかったって、そういうことなのかな？　ここ、ヤバイのか？　それより、そういうことってどういうことだ？　と自己ツッコミをしてから、はっと気づく。

「禁煙するしかないのか？」

もう開きそうにないドアを見つめつつ、彼はそうつぶやいた。

*

雪乃《ゆきの》がその帽子を見つけたのは、ビルエントランスの片隅だった。

有名な菓子メーカーのロゴが入った、赤白チェックの小さなキャップ。子供用というより、赤ちゃん用のようだった。

「ディスプレイ用かな？　すっごくかわいい」

拾い上げてよく見ると、キャップには切れ込みが入っていた。まるでそこから何かを出すような――。

「ああ、そうかあ」

この帽子は、ぬいぐるみ用だ。この切れ込みは、耳を出すためのもの。やっぱりディスプレイ用らしい。

でも、どうしてここに落ちているんだろう。このビルに、このメーカーは入っていないし。一階のコンビニに飾るために持ってきて、落としたのかな？　エントランスの総合受付に預けた方がいいだろうか。

雪乃はちょっと迷っていた。赤と白のかわいらしい帽子を持って帰りたいと思ってしまったからだ。家にいるお気に入りのクマのぬいぐるみにかぶせたら、さぞかわいいだろう。

もちろん、そんなことはいけないとわかっている。本当にディスプレイ用だとしたら、持ってきた人は困るだろう。すぐにここへ探しに来るかもしれない。

しばらく考えた末、雪乃は帽子をそばの公衆電話の脇に置いた。最近は公衆電話を使う人も少ないから、そこに置いておけば目に留まらないかも、と思ったのだ。もちろん、電話を使った親切な人が受付に届けたりもするだろうし、どっちにしろ夕方の清掃の時にはどかされてしまうだろう。

それでもまだ残っていたら——持って帰ってもいいだろうか、と都合のいいことを考える。

会社に戻った雪乃は、「残っていますように」と祈りながら仕事をした。そんなことを考えていたからか、ちょっとしたミスを犯し、上司に怒られて、残業するはめになる。

バチが当たったのか、と少し落ち込んだ。実際は何もしていないのだが、なぜか妙に浮かれていたのだ。自分のぬいぐるみにかぶせよう、と思うことも子供っぽくて、恥ずかしく思えた。小学生じゃないんだし——もう忘れた方がいいのかも。

とぼとぼと下のコンビニへ夕飯を買いに行く。仕事の量としては大したことはないが、あまりはかどらなかった。とっとと終わらせたい。変なことは気にしない気にしない。

でも、ちょっと気になって、帽子を置いたところをのぞいてみた。あ、ある。清掃がまだなんだろう。朝にはもうなくなっているだろうけど。

「どこら辺に落としたんですか？」

そんな声が響いた。若い女性の声。自分と同じくらい？　柱の陰から聞こえてくる。

「多分、ここだと思うんだけど——昼間来た時は、なかったんだよ」

今度は中年男性の声がした。

「もう誰かに持ってかれちゃったのかもしれませんね——って、ありましたよ！」

「え？　どこ？」

「公衆電話の脇。誰かが拾って、ここに置いたんですね」

「そうかあ。そこじゃあ、普通に探してたら見えないね」

普通で見えないってどうしてだろう？　そんなに背が低いのかな？　子供とは思えない声だけど——そう思って、柱の陰からそっとのぞきこむと、小さなぶたのぬいぐるみが、あの帽子をかぶろうとしていた。自分で。

そのそばには、いかにもできる秘書という雰囲気のパンツスーツを着こなした美女が立っていた。ぬいぐるみは彼女を見上げながら帽子をかぶり、切り込みから大きな耳を引っぱり出す。右耳がそっくり返っていた。

うわあ、似合う。

その異様な光景に違和感や恐怖を覚えるより先に、そんな言葉が浮かんでしまった。赤白チェックのかわいらしいキャップが、その自立するぬいぐるみに似合いすぎるほど似合っていた。つばの反り具合にもこだわりがあるらしく、しきりに直している。

「あー、よかった。替えがないから」

「特注ですか、やっぱり？」

「そう。でも、脱いだりすると置くところなくてねえ。アゴ紐つけてもらった方がいいかなあ」

そ、それは——運動会のようにならないか？　あまりにもかわいすぎて、笑いがこみあげる。

それは、秘書風美女も同じだったらしく、肩が細かく震えている。わかる。気持ちわかるよ。ついでに脱いだところも想像しているに違いない。ソンブレロみたいだな、とか、あのないも同然の肩では紐がひっかからないだろう、とか——。

雪乃は我慢できず、床に座り込んで笑いをこらえた。しかしこらえるだけでは収まらず、結局無言で床の上をのたうち回ってひとしきり笑うしかなかった。二人（？）はその後も何やら会話を続けていたようだったが、気がつくといなくなっていた。こちらには気づかなかったようだ。ほんとに苦しかった。雪乃は、大きなため息をつき、涙をぬぐって立ち上がった。あーもう……お腹痛い。

公衆電話のところに行くと、当然だが、キャップはなくなっていた。

夢かと思ったけど、だったらこのお腹の痛みは何なんだろうか。あー、でも思いっきり笑ったらすっきりした。あれが何だったかなんて、とりあえず今はいいや。

明日はきっと筋肉痛だな、と思いながら、雪乃はコンビニに急いだ。

＊

徹夜明けで、よれよれしながら、梅本《うめもと》はエレベーターに乗ろうとしていた。

普通の会社なら、始業時間が過ぎている頃だ。現に、梅本も出勤してきた同僚たちと、さっき挨拶《あいさつ》を交わしたばかり。だが、自分は今から帰るところ。何しろ、もう四日も会社に泊まっていたんだから。

このフロアは、割と小さな会社が集まっていて、エレベーターホールも混み合っていた。あのぎゅう詰めの中に入る勇気は残っていない。無精髭《ぶしょうひげ》に髪もぼうぼうの男は、言われなくても避けられるけれども。

なので、しばらくホールに突っ立って、人波が引くのを待っていた。油断すると、立ったまま寝てしまいそうだ。

とりあえず、家に帰って風呂に入って、仮眠をとったらまた会社に来なくては。ああ、何か食べないと。でもそれは、起きてから考えよう――。

ひと気が途絶えたので、下に降りようとボタンを押す。すぐにポーンと眠そうな音がして、エレベーターが開いた。

中にはコンテナのような四角い箱が一つ、置いてあった。けっこう大きい。でも、なぜ箱だけ？

ヤバイものでも入っているのではないか、と一瞬にして思ってしまう。妙に派手な色合いがまた気になる。神経が過敏になっているから、その赤白の組み合わせに目がチカチカしてくる。ふいに頭痛が起こったような気がして、思わず後ずさる。ほんとにこれ、ヤバイかもっ。

そう考えたのは、ほんの一秒くらいだろうか。コンテナは梅本が後ずさるのを待っていたかのように、動き出す。えっ、ひとりでに！　勝手に動いた⁉

さらに後ずさると、コンテナはゴロゴロと音を立てながら、エレベーターから出ていく。そして、当たり前のように彼の前を通り過ぎて、廊下を進んでいった。

コンテナというか、カートを押していたのは、小さなぬいぐるみだった。ピンク色のぶただ。赤白チェックのキャップをかぶっている。大きな耳が、ちゃんと飛び出ていた。

「すげー」

四日間ほとんど寝ていないため、普通の精神状態ではない梅本は、そう口に出して言っていた。動くぬいぐるみは気づいていない（多分）。思わず座り込んで後ろ姿を見つめてしまう。ウエストバッグのようなものを斜めがけしていた。

「すっげー」

しっぽが結ばれてるぞ。すげー。しっぽすげー。

ヤバイ、他の言葉がまったく浮かんでこない。笑いの発作が起きそうだ。

「あ、おはようございます！」

廊下の突き当たりからジーンズ姿の女の子が出てきて、元気よく挨拶をした。

「おはようございます」

この声はぬいぐるみのものなのか？　自分じゃないとしたらそうだ。おっさんじゃないか！

「もう一週間たっちゃったんですかー」

「早いですよねー。リクエストのもの、持ってきましたよ。試供品もあります」

「あーっ、あたしこれから出かけるんですー。あーくやしい！」

何がそんなにくやしいのか。だいたい何を話しているのかわからないけど。

「じゃあ、試供品だけでもどうぞ。電車の中ででも食べてください」

ぬいぐるみは自分と同じくらいありそうなウエストバッグをくるりと前に回し、柔らかそうな手を突っ込み、何かを取りだした。まるで、とりもちにいろいろなものがくっついているみたいに。

「ありがとうございます！　あっ、イチゴ味だ」

「気をつけて行ってらっしゃい」

「はーい、じゃあまた！」

女の子は元気にそう言って手を振った。こっちに来る、と思って立ち上がろうとしたが、彼女は途中のトイレにさっさと入っていった。座り込んでいる怪しい男には気づかなかったようだ。

廊下は静寂に包まれる。赤白のカートとぬいぐるみは、突き当たりを曲がっていってしまった。

梅本はダッシュでそこまで走ったが、もう誰もいなかった。あの奥の会社に入っていったのか？　うちみたいなＩＴの会社に何の用なんだ、ぬいぐるみなのに——。

ふと振り向くと、床に何かが落ちているのに気がついた。近寄って拾ってみると、個包装されたお菓子のようだった。チョコレートだ。イチゴ風味、と書いてある。

拾い食いをしてはいけない、と母親から言われたものだし、幼稚園の頃に蟻を食べて以来、そんなことはしていない梅本だったが、迷わず袋を開けて、四角いそのチョコレートを口に放り込んでいた。

イチゴの香りが口いっぱいに広がった。もちろん甘かったが、それと同時に、

「すっぱい……」

そういえば、蟻もすっぱかったな、と思い出す。拾い食いはそういうものなんだろうか。あ、そういえば、帰ろうとしてたんだっけ。チョコの糖分のせいか、やっと思い出した。のろのろと立ち上がって、エレベーターホールを目指す。

今度はぜひ、たっぷり睡眠をとって、身体も清潔で、腹も八分目の状態で、あのぬいぐるみに会いたいものだ。このままでは、寝たら忘れそうだしなあ。

*

転勤初日だというのに、いきなりの失敗だ。

とはいえ、仕事のミスではない。会社に来るなり、転んで右足をひねったのだ。朝礼のあと、自分の机に行こうとして。何もないところで。ハイヒールを履いていたわけでもないのに。

こんなに簡単に自分の迂闊《うかつ》さが露呈するとは思わなかった。クリニックに連れていってくれた新しい部下の男性は、

「部長、すっごく厳しいって評判だったから、みんな戦々恐々としていたんですよ」

いや、あたしは厳しいけどね。厳しいのとおっちょこちょいなのは別物よ。

と力説しても説得力はないな、と芽衣子《めいこ》はため息をつく。自分の息子と同年代の子に笑われては、立つ瀬がない。

とはいえ、堅苦しいのは芽衣子も苦手だった。どうやってほぐそうか、と思っていたから、まあよしとしよう。

このビルにはクリニックのフロアがあり、内科外科歯科等々、レディスクリニックやメンタルクリニックまである。このビルに勤めていると優先的に診てもらえるらしいので、あっという間にレントゲンまで撮ってもらって、「ただの捻挫」という診断を下される。明日病院に行かないといけないのか、と思っていたのに、何とすばやく便利なことか。

そのまま午前中は仕事に突入した。外に行く用事がなくてよかった。デスクワークだけだから、痛み止めを飲めば何とか普段どおりに振る舞うことができた。

ただお昼は外へ食べに行くつもりだったから、ちょっと困った。気を利かした女子社員がお弁当を頼んでくれたからよかったものの、そうじゃなかったら食いっぱぐれるところだった。ここら辺に勤めるのは初めてだが、昼時はどうなんだろう。

「コンビニとか、すごいですよ。下のも外のも、超満員で。ものをゆっくり選んでなんかいられないですよー」

昼休み、休憩室で女の子たちがぷうっと頬をふくらませながら言う。ハムスターみたいでかわいい。

「交通も便利だし、帰りにどこか行ったりするのも楽だし、ビル自体もきれいだからいいんですけど、買い物には不便です。食事もパッてすませたいなら、自分でお弁当を持ってくるか、朝買ってくるのが一番いいかもしれないです」

なるほど。だから手作り弁当率が高いわけだ。

「ちょっとしたお菓子とか買いに行くのも、時間かかるし」

高速エレベーターがあるとしても、コンビニにお菓子を買いに行くだけで二十八階から下に降りるのは面倒かもしれない。

「けど、総務にそういうこと言ったら、アレを置いてくれたんです」

休憩室の隅にある小さな冷蔵庫と引き出しケース。その中には、お菓子とアイスとジュースが入っているという。毎週、メーカーが補充しに来て、リクエストにも応えてくれるらしい。

富山の薬売りと同じシステム？

「部長も使ってください」

「え、でもあたし申し込んでないし……」

「個別にお金払うものだから、平気ですよ」

そう言って女の子たちは立ち上がり、「何にしますー？」などと訊くから、ついヨーグルトなんて頼んでしまった。あー、常設のヤクルトおばさんみたいなものだろうか？　昔は、よく呼び止めて買ったなあ、と思い出す。

百円を払って、ヨーグルトを食べると、何だかなつかしい味がした。

午後も仕事三昧《ざんまい》で、足の痛みを忘れていた。一段落したので、お茶でも飲もうか、と思う。ここはパーティションで個別に机が仕切られているので集中しやすいが、その分ちゃんとコミュニケーションをとらないといけないなあ、と誰かを誘って休憩室に行こうとしたら——オフィスにはほとんど人がいなかった。え、なぜ？

休憩室の方が、やけに騒がしい。芽衣子は椅子に座ったまま、ざわつく方向へ身体を向けた。

社員たちが、休憩室に出たり入ったりしていた。皆一様に楽しそうな顔をしている。何だろう。

やがて、休憩室から、赤と白の派手なコンテナみたいな箱が出てきた。そのあとから、社員たちがぞろぞろついていく。まるで——ハーメルンの笛吹きのように。

男性たちは、そのあとそれぞれの部署に散っていったようだが、女性はそのままついていく。ていうか、あの箱はどうやって動いているわけ？　車輪はついているけど——。

そう思ったとたん、コンテナが曲がった。後ろについていた女性たちの足の間から、ちらりと不思議な物体が見える。ぬいぐるみ？　箱と同じ色の帽子をかぶっていたような……。

立ち上がろうとして、捻挫していることを思い出した。痛い。ものすごく痛いじゃないか。いつの間にか痛み止めが切れているらしい。

捻挫していなければ、自分の目で確かめられるのに！　どう見ても、ぬいぐるみが箱というか、カートを押しているようにしか見えなかったよ！　でも、椅子に座っているしかない。痛くて動けない。

「ぶたぶたさーん、また来週！」

女子社員たちの黄色い声が響く。大人気。若いのもそうでないのも一緒くただった。

来週……来週も来るの？

来週なら、多分足も治っているはず。大丈夫。追いかけられるはず。

「部長、どうなさったんですか？」

ウキウキ顔の女子社員が戻ってきた。

「あれ……さっきの……」

「ああ！　あの人が、休憩室にあったお菓子のメーカーの人ですよ」

人じゃないじゃん！　と思ったけど、芽衣子は言わなかった。だって、まだちゃんと見ていない。そんな失礼なこと——。

「え？　じゃああの人、毎週来るの？」

「そうですよ。みんな楽しみにしてるんです。あ、注文票、お渡ししときますね」

渡された注文票には、お菓子やジュースの名前がずらりと並んでいた。

芽衣子は気がつくと、こんなにいらないだろう、という数の丸をつけていた。

ホストに貢ぐ女の気持ちが、ちょっとだけわかった気がした。まだ満足に見てないっていうのにこの調子じゃ——先が思いやられる。

＊

挨拶回りのあとの遅い昼食からの帰り道、彼はふと思い立って、屋上庭園へ行ってみた。このビルに会社が入ってから、一度も行ったことがなかった、と気づいたからだ。三十階という状況から、風が強そうとか寒い暑いとか、そんなに快適とは思えなかったこともある。とはいえ、女子社員は昼休みによく利用していたようだ。緑化してあるので、春は花が咲いてきれいだとか、全部がむきだしではなく、サンルームのような場所もあるから、冬の晴れの日などは暖房いらずとも聞いた。

そうだとしても、今日でなければ多分来なかったと思う。なぜなら彼は、今日で会社を辞めるからだ。

同僚らとは夜の送別会があるから、まだお別れではないが、このビルとは夕方までだ。そんなに長いことといたわけではないが、仕事のしやすい環境だった。交通の便もいいし、オフィスも広々として快適だった。

愛着、というほどのものはないが、ここで仕事ができてよかったな、とは思っている。だから、最後に屋上庭園にも行ってみたいと思ったのだ。行ってどんなとこだか教えろとうるさかった妻にも自慢ができる。

普通の昼休みならとうに終わっているが、ずらしている会社はいくらでもあるので、屋上にはそれなりに人がいた。今日は風もあまりなく、天気もいい。暖かい冬の日だった。隅の方にあるベンチに座って、自動販売機で買った缶コーヒーを飲む。目の前の花壇には、冬なのに花が咲いていた。ちょっと贅沢な気分だ。こんな気分が味わえるのなら、もっと早く利用していればよかった。

あまりにも日射しと風が気持ちがよくて、一瞬うとうとしかけた。いけない。まだ引き継ぎが残っているんだから、戻らないと。

でも、あともう少しだけ――。

そう思ってぼんやりとしていたら、突然遠くの方を赤白のカートが横切っていくのが見えた。ものすごく小さなものが、そのカートを押している。逆光気味なので、見づらい。でも、人ではありえないくらい小さい。シルエットは、どう見てもぶただ。突き出た鼻、大きな耳、ひづめのような手足。

けどよく見ると、帽子をかぶっているようだ。カートとおそろいの帽子を。

点々といた人たちが、まるで待っていたようにそのカートへ引き寄せられていく。何か言っているが、聞き取れない。でも、みんな笑顔だ。顔見知りなのか、頭を下げたりしている。

ぶたの――ぬいぐるみらしき小さな人は、カートを器用に開け、中から何かを取り出し、その人たちに渡していた。そして、差し出された硬貨を受け取っている。

お店屋さんなのか。あのぬいぐるみは。

何やら買って、カートを離れた人は、サンルームへ入っていく。会社に帰るんだろう。

脇を通り過ぎた時、持っているものを見た。家で子供たちもよく食べるスナック菓子だった。

お菓子屋さんなのか。

それは、さながら夢の中のような光景だった。冬の低い日射しの中、老若男女がぬいぐるみのお菓子屋さんに集まり、一つの硬貨で小さな菓子を買う。冬なのに、花の咲く地上三十階の屋上庭園で。

天国に、あんな人がいそうだ、と飯田光之は思った。

辞める日に、こんなものを見せられるとは思わなかった。ちょっとだけ残念だったが、こうして遠くから見つめているだけでも充分だと思った。

名残惜しかったが、缶コーヒーを飲みきったところで立ち上がり、会社に戻った。きっちりと引き継ぎをして、送別会に出て、花束をもらった。

送別会は会社の近くだったので、ライトアップされたビルがよく見える。屋上のあたりは真っ暗だ。

会社の同僚たちには、今日のことは話さなかった。話したらきっと言われるだろう。

「夢でも見たんじゃない？」

自分もあれ以上あそこにいて、ぬいぐるみが消えるまでいたら、きっと夢だと思ってしまっただろう。だから、消えてしまう前に戻ったのだ。現実とつながっていると知るために。

あれは夢じゃない。あれは、自分の秘密だ。

誰にも言えない、ってことだけでしかないのだが。

あとがき

お読みいただき、ありがとうございます。

何とぶたぶたシリーズ、この『訪問者ぶたぶた』をもって、十作目となります！

加えて、今年二〇〇八年は、初出版から数えて十周年！

……特に何もありませんけれども。

だってー、最近気がついたんですもの（このあとがきを書いているのは十一月）。いろいろ複雑な事情もありますしね。

ほそぼそと続いているシリーズなので、これからも書いていけるといいなあ、と改めて思った、という感じであります。

十作目というのを無意識で感じ取っていたのか何なのか、今回の作品、一作目の『ぶたぶた』と同じような短編集となっております。長編や連作短編ではなく、一つ一つ独立した短編です。『ぶたぶたの食卓』もそうなんですけど、それとこれではまた大きな違いがあります。

今回、全部コメディなんです。シリアスが一本もないんです。

シリアスよりもコメディが楽なんてこともないのですが、久しぶりに意識して書いてみました。書いてみてわかったのは、私の作品って、いつもジャンルがはっきりしていないし、作風もシリアスとコメディの狭間をウロウロしているようなものなのだなあ、ということ。こんなニッチな道をあえて通らなくてもいいのに、と我ながら思ってみたりして。

なので、今回のぶたぶたはコメディ小説と胸を張って言えます。「ユーモア小説」と書くと、昔なつかしい雰囲気になりますね。

たまにくすっと笑っていただければ、幸いです。

・それにしても、もう十年なのか、まだ十年なのか——。

まだ十作目なのか、とは思いましたけどね。ぶたぶたはやはり短編がベースなので、たくさん書いている印象があるのです。ここ数年は毎年書いているし。

でも、こんなに続けられるとは思わなかった、というのが正直な感想です。人にはいろいろな財産があると思うのですが、私にとってのぶたぶたはすごく大きな財産。お仕事なので、文字通りの意味でもあるのですが、小説家にとってずっと読み継がれている作品を書けるというのは、大きな喜びです。

ぶたぶたはいわゆるキャラクター小説にあたるのでしょうが、実際に描くのはぶたぶたと出会う人間たちなので、彼らの分だけ物語があります。何でも書けるという意味ではありませんが、ネタは無限というのだけは確かです。

読みたい、と言う人がいる限りは、書きたいと思っておりますよ。

十年、ぶたぶたを愛してくださって、どうもありがとうございます。これからもよろしくお願いいたします。

さて——今回、特に感謝したいのは、「ふたりの夜」にアドバイスをいただいた安武わたるさんです。『ぶたぶた』や『刑事ぶたぶた』などをコミック化してくださったマンガ家さんです。

修羅場&風邪っぴき真っ最中の時にいきなり電話をして、原稿を読ませてしまい、申し訳ありませんでした……。でも、そのおかげでこのように本も完成しました。ほんとにほんとに、ありがとうございました！

この「ふたりの夜」と「伝説のホスト」は初期の頃から温めていたネタで、今回書けてうれしかった〜。

他の作品に関しても、今回はいろいろと裏話があるのですが、それはブログ（http://yazakiarimi.cocolog-nifty.com/）にのちのち書きます。

そうだ。今年は長いこと運営（ってほどでもないけど）してきたホームページを閉鎖してしまったんですよね。こうしていろいろと改まっていく年だったのかなあ、と思い返したりしています。

ブログは変わらず——割とまめに更新しておりますので、ぜひぜひチェックしてくださいませ。

その他、いろいろとお世話になった方々、どうもありがとうございました。

タイトルをたくさん考えてくれた友人たちもありがとう。来年はタイトルを決めてから書こうかな。それって、自分の首を絞めることになるのかな。

すてきなタイトル（ただし「ぶたぶた」を含む）を思いついた方は、ブログにコメントしてくださるとうれしいです。いつも、いっつも悩みますからね！　本文書くよりも苦しんだりしていますので、助けると思って。

それでは、また――。

光文社文庫

文庫書下ろし

訪《ほう》問《もん》者《しゃ》ぶたぶた

著　者　矢《や》　崎《ざき》　存《あり》　美《み》

2008年12月20日　初版1刷発行
2012年2月25日　3刷発行

発行者　駒　井　稔
印　刷　慶　昌　堂　印　刷
製　本　ナショナル製本

発行所　株式会社　光　文　社
〒112-8011　東京都文京区音羽1-16-6
電話（03）5395-8149　編　集　部
8113　書籍販売部
8125　業　務　部

落丁本・乱丁本は業務部にご連絡くだされば、お取替えいたします。
ISBN978-4-334-74515-8　Printed in Japan

組版　萩原印刷

お願い　光文社文庫をお読みになって、いかがでございましたか。「読後の感想」を編集部あてに、ぜひお送りください。

このほか光文社文庫では、どんな本をお読みになりましたか。これから、どういう本をご希望ですか。どの本も、誤植がないようつとめていますが、もしお気づきの点がございましたら、お教えください。ご職業、ご年齢などもお書きそえいただければ幸いです。当社の規定により本来の目的以外に使用せず、大切に扱わせていただきます。

光文社文庫編集部